ドロテア・
ライラック

Contents

CHARACTERS
ドロテア・ライラック
聖女の称号を持つ妹と比べられ、
侍女として蔑まれながら生きてきた
子爵令嬢。妹の尻拭いのため
同盟国の王であるヴィンスに
謝罪に訪れるが、美しさや
聡明さを見出され溺愛される。
ヴィンス・レザナード
獣人国レザナードに君臨する
黒狼の王。まだ若いが政治の才に
溢れ、部下や国民から尊敬し
慕われている。初めて会った時
からドロテアに惹かれ、溺愛する。

ディアナ

ヴィンスの妹でレザナードの黒狼の王女。
ドロテアを「お姉さま」と慕い、
よくお茶会で恋バナをする。
文官のラビンに想いを寄せている。

ナッツ

ドロテア専属のリスのメイド。
少しおっちょこちょいだが、
ドロテアに誠心誠意尽くす。

ラビン

ヴィンスの幼馴染であり兎の文官。
幼い頃からディアナに好意を
抱いているが、なかなか
想いを伝えられずにいる。

ハリウェル

白狼の騎士隊長兼ドロテアの
専属騎士。国一番の強さで
周りから慕われているが、
ドロテアの事になると猪突猛進になる。

ルナ

フローレンスの元専属メイド。
フローレンスに怯えていたが
ドロテアに救われ、現在はドロテアの
専属メイドを目指し努力している。

STORY

レザナードの辺境地から帰還した白狼の騎士ハリウェルから突然、愛の告白を受けたドロテア。ヴィンスは戸惑いながらも、国一番の強さを誇るハリウェルをドロテアの専属騎士に命じた。ハリウェルは誠心誠意仕えるが、どうしても想いが抑えられず再度ドロテアに愛を伝える。ドロテアは悩むが、ある事をきっかけに改めてヴィンスの優しさに触れ、ハリウェルの想いには応えられない事を伝えたのだった。

そんな中、ヴィンスに好意を寄せる猫獣人の悪女フローレンスが現れる。フローレンスの陰謀によってドロテアとヴィンスとの関係はギクシャクしてしまう。そんな中で行われたドロテアのお披露目パーティにて実はフローレンスの実家が悪事に手を染めている事が明らかになり、見事フローレンスを成敗した。事態が収まってドロテアはヴィンスに愛の告白をする。すると突然、高まる想いを抑えられないヴィンスが狼に獣化して——？

第三十五話 ✦ 愛らしい黒狼様

――獣人のヴィンスが突然、狼の姿になったという事実。

それはドロテアにとって、雷に打たれたような衝撃だった。

「え、えっと、どうしましょう……！　狼になったヴィンス様が可愛い過ぎるわ……！」

「ウオーン……？」

触り心地の良さそうな黒い毛に覆われた体。

切れ長なのにどこか愛らしい金色の瞳。

獣人の時から健在の、ついついもふもふしたくなる耳に尻尾《しっぽ》。

「ああ、触りたい……。って、だめよドロテア！」

つい欲求に呑まれそうになったが、今はそれどころではない。

今日が満月であることや、この部屋に二人きりだったことからも、十中八九目の前にいる狼はヴィンスが変化《へんげ》した姿で間違いない。

とはいえ、まずは確実にそうなのかを確認しなければ。

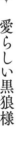

ドロテアは両膝を床につけ、狼とできるだけ目線の高さを合わせてから声をかけた。

「ヴィンス様、ですよね……？」

「アオン！」

「溌剌《はつらつ》としたアオンが可愛い……！　じゃない！　今のは返答でしょうか……？　それともただ鳴いただけ……？」

見たところこちらの意味を理解し、返事をしたように見えるが、もう少し確認しておいたほうが良いだろうか。

ドロテアは、申し訳ありませんが……と謝罪を入れてから、再び問いかけた。

「私の目の前にいる狼さんがヴィンス様なのであれば、一旦お座りをしていただいても……？」

すると、狼は「アオン」と軽く吠える。

そして、すぐに後ろ足を曲げて、床に尻を着けるように座った。

「……！　や、やはりヴィンス様なのですね……！」

「ウオーン！」

狼の正体がヴィンスであることは間違いなく、かつこちらの言葉は通じているようだ。

これなら意思疎通が図れる。安堵《あんど》したドロテアは、狼ヴィンスの前にずいっと手を差し出した。

「いくつか確認がありますので、合っているようなら私の手の上にヴィンス様の手を置いていただいてもよろしいですか？」

「アオン！」

「かわ……じゃない！　では、早速質問なのですが、お体の調子はどうですか？　狼の体になって、体調不良などは……」

そう問いかけたものの、ヴィンスが手を動かす様子はない。

どうやら、新月の夜に人間化する時のように、体調が悪くなることはないらしい。

「良かったです……。安心しました」

ドロテアがふにゃりと微笑《ほほえ》むと、ヴィンスはドロテアの手に顔を近付けて、頬をスリスリと擦り寄せてきた。

「クゥーン」

（え!?　手にスリスリしてくるのも、甘えた鳴き声も可愛すぎない……!?　て、そうじゃないんだってば！　しっかりしなさいドロテア！）

狼ヴィンスのあまりの可愛らしさと、彼が元気だということが分かった安心感もあって、どうにも暴走気味だ。

ドロテアは自身を厳しく律してから、次の問いかけを行った。

「あの、念の為にお伺いしますが、ヴィンス様はもとのお姿に戻れるんですよね？」

「アオン！」

狼ヴィンスの前足が、ぽんとドロテアの手の上に置かれる。

ヴィンスが元の姿に戻れることに安心したのも束《つか》の間、ドロテアは彼の前足を食い入るように見つめた。

(こ、これが肉球……！)

初めて触れる狼の肉球。

以前、犬の肉球に触ったことがあったが、狼の肉球のほうが少し弾力があって、見た目もシャープに見える。

「可愛い……可愛い……」

肉球をもみもみし、その気持ちよさを知ってしまったドロテアの欲望は限界突破した。

空いている方の手ではヴィンスの耳や頭、体に尻尾、とにかく様々なところをもふもふしまくる……のだけれど。

「……ハッ！　私は今、何を……!?」

無意識に狼ヴィンスをもふもふしていたドロテアはハッと我に返ると、「申し訳ありません……！」と謝罪した。

それから、名残惜しさがありつつも、彼の前足を元の位置に戻し、もふもふしていた手を止める。

ドロテアは咳払いをしてから、次の質問に移った。

「では、ヴィンス様が元の姿に戻れるのは、新月の時と同じように、太陽が昇ってから——」

——ボンッ!!

でしょうか？　と続くはずだった言葉は、突然聞こえた小さな爆発音により掻《か》き消された。

しかも、またもやヴィンスの周りには白い霧のようなものが立ち込めている。

「こ、これはもしや……」

ヴィンスが獣人から狼になったのと同じ現象が起きているということは、つまり――。

「……ハッ！　服！」

ドロテアは急ぎ床に乱雑に落ちているヴィンスの服を、その霧の中に入れる。

そして、ヴィンスがいた場所に対して背を向けて、数秒待てば――。

「ドロテア」

「ヴィンス様……！　お戻りになったのですね……！」

聞き慣れた低い声が背後から聞こえ、ドロテアはホッと胸を撫で下ろした。

「服を着るから少し待っていろ。その後にきちんと話す」

「は、はい！　かしこまりました」

それからドロテアは、背後に聞こえる布が擦れる音に妙にドキドキしながら、ヴィンスが着替え終わるのを待った。

そして約一分後、ヴィンスに声を掛けられたドロテアは、彼と共にソファに横並びで座った。

思いの外《ほか》着替え終わるのが早いなと思いきや、どうやらパーティー用のジャケットや装飾は身に着けなかったようで、彼はズボンとジャケットの内側に着ていたシャツといったラフな装いだった。

（要望を言えるのなら、もう一つボタンを締めていただきたいけれど……）

上から三つ目までボタンが開けられているので、ヴィンスの肌の色の面積が多いのだ。

首筋はもちろん、美しく浮き出た鎖骨に、鍛えられた胸板なんて、色気がとんでもない。

「……ドロテア。どこかおかしいところがあるか？　ずっと俺の体を見ているだろう？」

「……!?　い、いえ何も。パーティーの後でお疲れでしょうし、そのままの恰好《かっこう》で問題ありません」

冷静な声色で伝えられたものの、ヴィンスの体を見ていたことがバレていたのだと思うと恥ずかしい。

ドロテアは顔を真っ赤にさせる。

すると、ヴィンスは微笑してから「さて……」と呟《つぶや》いた。

「どこから話すか……。まずは、何故俺が狼の姿に変化したか、というところか」

「やはり、満月が関係しているんですか？」

「……さすが、ドロテア。そう、お前の言う通り、俺が狼の姿になるのは満月の夜だけだ」

仮説が合っていたらしいが、ドロテアはこれまでのことを思い出し、眉を顰《ひそ》めた。

「しかしながらヴィンス様。確か、私が謝罪をするためにレザナードを訪れた日も、サフィール王国の建国祭の日も、確か満月でしたが、ヴィンス様はどちらの日も、狼の姿にはなっていませんでしたよね？」

「……よく覚えているな。その通りだ。満月はおよそ一月に一度訪れるが、俺が狼に変化したのは十年以上……いや、もう十五年以上ぶりか」

思い出すように、そう話すヴィンス。

満月が影響して狼に変化するのに、長期間変化しなかったのは何故なのか。そして、今日に関しては何故変化したのか。

狼化を引き起こす因子について、ドロテアが思考を働かせていると、ヴィンスが口を開いた。

「俺は、満月の夜に感情が昂《たかぶ》ると狼へと姿が変わるんだ」


「……！　つまり、ヴィンス様の中で、驚きや怒り、喜びなどの様々な感情が大きく動くことが、狼の姿に変わる引き金になる。更に、それは満月の夜にのみ関係する、という解釈で合っていますか？」

「ああ、そうだ。理解が早くて助かる。だから、満月の夜は特に冷静でいられるように気を付けていたんだがな……」

ヴィンスはそこまで言うと、一旦口を噤《つぐ》み、ドロテアの唇に向かって手を伸ばす。

そして、少し口紅が取れた、柔らかなそこを弄《もてあそ》ぶように触れた。

突然のことに、ドロテアは口をきゅっと横に結んで動揺を露わにした。

「〜〜!?」

「建国祭の時も、ドロテアの妹がお前のことを悪く言うから、怒りでどうにかなりそうだった。だが、どうにか抑えられたんだがな。……今日は、抑えが利かなかった。好きな女に愛を告げられて、俺にならば何をされても嫌じゃないなんて言われたら」

ヴィンスから熱っぽい視線を向けられたドロテアは、彼から目を離せなくなる。

「……っ、ヴィン、ス……さ、ま……」

サフィール王国の建国祭が行われた時、ヴィンスはシェリーに対して静かに怒っていた。自分が獣だと言われたことよりも、ドロテアが貶《けな》されたことに対してだ。

どうやらヴィンス曰く、あの時も感情が昂り、狼化しそうだったという。

そして今日、ヴィンスは抑えが利かなかったといい、彼は狼に姿を変えた。

ドロテアがヴィンスに愛を伝え、ヴィンスに身を委ねたことは、それほど彼の感情を動かしたのか。

（建国祭の時も、今日も、ヴィンス様の感情を大きく揺らしたのは、私……）

唇から頬に手を滑らせたヴィンスに対して、ドロテアは小さく口を開いた。

「自分で言うのもなんですが、ヴィンス様って、とても私のことが好きなんです……ね……」

「……失礼な奴だな。今まで分かっていなかったのか？」

「い、いえ！　愛していただいているのは、十分に分かっていたのですが、その、改めてといいますか……」

わたわたと慌てるドロテアの様子に、ヴィンスは楽しそうにうっすらと目を細めた。

「……ふっ、そんなに焦るな。怒っていない」

「え」

「だが、少し悲しかったから……慰めてくれ」

ヴィンスはそう言うと、ドロテアに少しずつ顔を近付ける。

（キ、キスされる……！）

恥ずかしさはありながらも、ドロテアは彼を受け入れんとギュッと目を閉じた、のだけれど。

「えっ」

体温よりもほんの少し低い温度の柔らかいそれを感じたのは、唇ではなく額だった。

ドロテアは目を開き、パチパチ瞬かせる。

「口にしようかと思ったが、やめておく。また狼になるかもしれないからな」

「……っ、からかうのは、おやめください……！」

「……ふ、怒ったドロテアも可愛いが、とりあえず狼化の話に戻すか」

心揺さぶられ、ペースが乱される。

けれど、それが好きな相手――ヴィンスだと、全然嫌ではなくて……むしろ、愛おしい時間だ。

ドロテアはそんなことを思いながら、ヴィンスの言葉に耳を傾けた。

「満月の夜に感情が昂ると狼に変わる――この現象は、狼の獣人の中でもごくごく稀《まれ》に起こるらしい。少なくとも、今は俺だけだ」

「というと、過去にはヴィンス様以外にもいらっしゃったのですか？」

ヴィンスはコクリと頷《うなず》いてから立ち上がると、部屋の隅にある棚へと向かう。

そこから鍵を取り出すと、その近くにあるアンティーク調の金庫と思わしきものに鍵を差して開け、中身を取り出した。

「それは……？」

ヴィンスが持っているのは、形状からして日記帳だろうか。カバーの革の傷み具合からして、かなり古いものに見える。

ヴィンスは、再びドロテアの隣に戻ると、それをドロテアへと手渡した。

「これは獣人国、初代国王の手記だ。ここに、自らは狼化する獣人だったと記されている。読んでみろ」

「……！　私が中を見てもよろしいんですか？」

「ああ。この手記は獣人国の王が受け継ぐことになっていてな。王とその配偶者だけが閲覧する権利を持っている」

「そ、そんなに貴重なものなのですか？」

王族だけが閲覧することができる書物や、先代の王から次代の王へと受け継がれる手記のようなものがあることは、獣人国のみならず、他国でも存在することをドロテアは知っている。

そんな貴重なものを手に取るだけでなく閲覧までできるなんて、知的好奇心が強いドロテアには、まさに奇跡と呼べる瞬間……なのだけれど。

「……って、待ってください、私はまだ妻ではありません……！　婚約者の立場でこれを見てしまうのはさすがに……」

「あと数ヶ月もすればドロテアは俺の妻になる。遅かれ早かれこれを見ることになるんだから、何ら問題はない。俺が許可する。それに……」

ヴィンスはそこまで言うと、挑発的な目をドロテアに向けた。

「こんなに貴重なものが目の前にあって、ドロテアが我慢できるとは到底俺には思えないんだがなぁ……。どうだ？　ドロテア」

「…………っ」

断るべきだという理性と、もうこの際見てしまおうという欲求。

その両者がドロテアの中で戦いはしたものの、ドロテアの好奇心は自らが思うよりも強かったらしい。

いとも簡単に、欲求に軍配が上がった。

「で、では、お言葉に甘えて……」

「……ククッ、だと思った」

それからドロテアは、丁寧に手帳を開き、真剣に読み始めた。

冒頭は、死ぬ前に伝えたいことがある、だった。

（確かに、獣人国の初代国王も、狼化する体質だったと書いてあるわね……）

しかし問題は、初代国王の時代は今よりも狼の獣人が多かったというのに、この現象が起こった者は初代国王の他にはいなかったということだった。

周りに気味悪がられるかもしれないと思い、初代国王は、このことを家族以外の誰にも打ち明けられなかったようだ。

（新月の日には、多くの狼の獣人が人化したと書いてある。……確かに、ヴィンス様だけでなく、ハリウェル様もディアナ様も、人化していたわ……）

それから初代国王は、自らにのみ起こった狼化という現象の原因を何年もかけて探ったとある。

そしてやっと、満月の夜という条件と、感情が昂るという条件が重なり合った時にのみ、狼化することが分かったのだと。狼化は、夜明けを待たずとも比較的すぐに解けることも。

更に、初代国王はとある仮説を立てていた。

（狼化する因子が私の血に流れているのなら、もしかしたら子孫にも狼化の体質を持った者が現れるかもしれない……か）

そのため、この手記を未来の子孫たちのために残しておく。もしも、自分と同じように狼化する子孫が現れたら、これを読ませてあげてほしい。

――そう、手記の最後は締め括《くく》られていた。

（……これは、自分の体質に一人悩み、苦しんだ初代国王が、子孫たちにはせめて情報を残したいと思って記したものなのね……。って、あら？）

よくよく見ると、最後だと思われるページの次のページが破れているような痕跡が見える。

「ヴィンス様、こちらは初めから破れていたのですか？」

「俺が両親から受け取った時には既にそうだった。古いものだから、破れてしまったんだろう」

「……そう、ですよね」

古い割に手帳の状態は非常に良い。それなのに、このページだけ破れていることにドロテアは違和感を持った。

しかし、今はそれを調べる術がない。

ドロテアは疑問を頭の端に追いやると、手帳をパタンと閉じる。そして、別の疑問を口にした。

「この手記は本来、初代国王の子孫に当たる、王族の方々に残されたものですよね？　けれど、王とその配偶者しか閲覧できないということは、ディアナ様やハリウェル様は、この手記を読んでいらっしゃらないということですか？」

「そうだ。今だと、俺とドロテア、先代の国王夫妻しかこの手記の内容は知らない。昔は、王族の全員が読んでいたらしいんだがな――」

ヴィンス曰く、先代の王が伝え聞いた話では、初代国王以来、狼化する獣人はヴィンス以外にはいなかったようだ。

そのため、ヴィンスが生まれるよりもかなり前——四代前の国王の頃に、もう狼化する獣人は生まれないだろうと考えられ、この手記を王族全員に読ませる必要はないと判断したらしい。その時、王とその配偶者のみがこの手記を閲覧できるという決まりに変わったという。

というのも、この手記に書かれている狼化は、人化と同様、民を不安にさせる恐れがあるからだ。新月の日には力の弱い人間となり、満月の日に感情が昂ると言葉も話せない獣になるだなんて、もしも他国に知れ渡ったら大問題である。

だから、できる限り狼化という現象を広めない方が良い、という結論に至ったそうだ。

ヴィンスの説明に、ドロテアは「そういうことでしたか……」と納得の表情を見せた。

「手記を読んでいない者……ディアナやハリウェル、もちろんラビンにも、俺が狼化することは伝えていない。四代前の国王の意思もあるし、言ったところでどうにかなるわけじゃないからな。……知っているのは両親と、ドロテアだけだ」

「諸々理解しました。話してくださってありがとうございます、ヴィンス様」

ドロテアがそう言って頭を下げると、ヴィンスは彼女の頭を優しく撫でながら口を開いた。

「……さすがのドロテアでも、狼の姿には怖がると思ったんだがな。まさかあんなに全身を弄《まさぐ》られるとは」

「弄るという表現はいかがかと……！　けれど、申し訳ありません……。私ったら、狼ヴィンス様のあまりの可愛らしさに何度も何度も暴走してしまいました……」

あの時は、まさか狼化がディアナやハリウェル、ラビンにも言えないような秘密だなんて思わなかったのだ。

いや、厳密に言うと、あまりの可愛らしさに、そういう頭が働かなかったというべきか。

「構わん。……むしろ、救われた」

「え？」

一瞬だけ、ヴィンスの顔が憂えているように見えた。

だが、すぐにいつもの余裕ありげな表情に戻っていたので、気のせいだったのだろう。

ドロテアがそう自問自答した時、彼女はとあることを思い出した。

「突然で恐縮なのですが、一つお願いがあります」

「なんだ？　言ってみろ」

「婚約パーティーも終わったことですし、そろそろヴィンス様のご両親に挨拶をさせていただきたいなと思いまして……」

実は以前から、ドロテアは何度かヴィンスの両親に挨拶をするタイミングを窺《うかが》っていた。

本来ならば王城で世話になると決まった時には挨拶をするべきだろう。

しかし、突然の求婚でドロテアの覚悟が決まっていなかったことやサフィール王国の建国祭への参加、ハリウェルの帰還に、婚約パーティーの準備などがあったため、なかなか言い出せなかったのだ。

それに、ヴィンスから両親のお話をほとんど聞いたことがなかったため、無意識に話題にしづらかった。

(けれど、こういうご挨拶はしっかりしないと！　ご両親にあまり悪印象は与えたくないし……。それに何より、私がヴィンス様のご両親に会ってみたい)

そんな思いから、ヴィンスの両親への挨拶を志願したドロテアだった、のだけれど。

「…………。ああ、そろそろ挨拶をしないとな」

「ヴィンス様……？」

その会話を最後に、ドロテアはヴィンスにそろそろ休むよう言われ、部屋に戻った。

ヴィンスの憂いを帯びた表情や声を忘れられなかったドロテアはその日、あまり眠ることができなかった。

第三十六話　朗報ともふもふ

婚約パーティーの二日後の夕方。

お仕着せに身を包んだドロテアは、王城内の執務室で無心で書類仕事に当たっていた。

ドロテアの背を越えるほどに高く積まれていた未処理の書類の束がみるみるうちに減っていく様子に、堪《たま》らずラビンは声を上げた。

「な、なんだかドロテア様が、いつにもまして気迫に満ちていらっしゃる……！」

そんなラビンの発言に、周りの文官たちもコクコクと頷いている。

ヴィンスは一旦手を止め、ラビンたち文官に「喋ってないで手を動かせ」と言うと、それから隣の机で筆を動かすドロテアに声をかけた。

「……ドロテア、その書類が終わったら今日は休んでいい。昨日から、ずっと根を詰めすぎだ」

「え。……お言葉ですが、まだ処理をしなければならない書類が……」

「急ぎのものは既に終えているから問題ない。それにお前の体調が心配なんだ」

「……っ」

ヴィンスの尻尾が、心配を表すように垂れている。しかも、そんなふうに言われて、でも、なんて言えるわけはなかった。

「……分かりました。では、お言葉に甘えさせていただきます」

「ああ、そうしろ」

それからドロテアは、ヴィンスの言う通り、手元の書類の処理を終えてから執務室を出た。

「……ハァ」

ハリウェルには先日のセグレイ侯爵家の屋敷に侵入する任務での疲れを癒やしてもらうため、明日まで休暇を与えている。

そのため、ドロテアは自室まで一人で歩いていたのだが、その足取りは非常に重かった。

というのも、ヴィンスに心配をかけてしまったことに対して、申し訳なさを感じていたからだ。

（仕事に打ち込めば、余計なことを考えずに済むと思っていたけれど、ヴィンス様に心配をかけてしまうなんて最低ね……）

実はドロテアは、二日前から悩んでいた。

ヴィンスの両親に挨拶をしたいと志願した際の、彼の反応が気がかりだったのだ。

（ヴィンス様、やっぱりご両親となにかあるのかしら……）

二日前の反応然《しか》り、ヴィンスからあまり家族の話が出ないこと然り、そう考えてほぼ間違いないだろう。

ただ、獣人は家族や仲間を大切にする者が多い。

人を思いやることができ、誰よりも優しいヴィンスの両親が、自身の子を大事にしないような人にはどうにも思えなかった。

（ううん。そう思いたくないっていう、願望という方が合っているわね……）

悩むくらいならば、ヴィンスに両親との仲を聞いてしまえばいいと考えたこともある。

しかし、ドロテアも家族との仲に問題を抱えていた身だ。

そう安易に聞いて良いものではないということが分かっているので、聞くこともできず、ずっと悶々としていた。

「お義姉様《ねえ》っ！」

「……！　ディアナ様？」

そんな時、前方からパタパタと駆けてきたのは、深紅のドレスに身を包んだディアナだった。

表情はとても明るく、走るたびにブリンブリンと動く尻尾がとってもキュートだ。

（ああ、可愛い……！　可愛い……！）

何より、以前プレゼントをした帽子を被っているディアナの姿を見ると、悩みが吹き飛びそうなほどに癒やされるようだ。

「どうされたのですか？　そんなに急がれて……」

近くまで来てくれたディアナに、ドロテアは問いかけた。

「お義姉様の姿を見かけたので、つい走ってしまったのですわっ！」

「ぐっ……！　ディアナ様は、私を喜ばせる天才ですね……！」

はて？　と言わんばかりの表情をしているディアナの一方で、ドロテアはニヤついた口元を手で隠す。

すると、ディアナはドロテアにずいっと顔を近付けた。

「お義姉様は、今日はまだお仕事をされますか？」

「え？　いえ、今日はもう仕事は終わりましたが……」

「では！　もしよろしければ、少しお散歩でもしながらお話ししませんかっ⁉　私、お義姉様に報告があるのですっ！」

「報告、ですか……？　え、ええ、もちろん。お話ししましょう！」

改めて報告とはなんだろう。

そんな疑問を持ちながら、ドロテアはディアナと共に、庭園に向かったのだった。

――そして、約十分後。

夕焼けに噴水の水飛沫《みずしぶき》がまぶしく輝いたのと同時に、ディアナから報告を受けたドロテアは目を丸くした。

「ほ、本当ですか……!? ラビン様と恋人になったというのは……！」

「ええ！　本当なのです！　お兄様とお義姉様の婚約パーティーが終わった後、ラビンと共に馬車に乗ったのですが……実はその時、告白されたのですわ！」

頬を両手で挟むようにして恥じらいながら、尻尾をこれでもかと左右に揺らすディアナ。

興奮気味に耳がピクピクと動き、抑えきれていない口元のニヤつきは、彼女がどれほど歓喜しているのかを表しているようだった。

「おめでとうございます！　本当に良かったですね……！　ディアナ様……！」

ラビンがディアナに告白しやすいようにお膳立てをした、という話はヴィンスから聞いていた。

ディアナ本人からも「婚約パーティーの後に話があるって、ラビンに言われましたわ！」という報告を受けていたが、まさか本当に、あのラビンが告白するとは……。

（ラビン様……。私もなかなか好きという一言が言えなかった身ですから、よく分かります。よく勇気を出して伝えられましたね……！　本当におめでとうございます！）

あまりの感動に、ドロテアはこの場にいないラビンにも祝いの言葉を贈った。

「ふふっ！　私本当に嬉しくって！　今日伝えられて、良かったです」

「ディ、ディアナ様……。このような大事なことを、お聞かせいただけるなんて……」

「だって、お義姉様のこと大好きですもの！　えいっ」

すると次の瞬間、ディアナが抱き着いてきた。

「……!?」

触れた箇所から愛情が伝わってくるくらいに、ぎゅうぎゅうと両腕で力強く抱き締められる。

更に、ディアナの漆黒の尻尾にまで包み込まれたドロテアは、もはや意識を失いそうだった。

(ディアナ様、良い匂い……。可愛い……。ふわふわした尻尾が堪らない……。可愛い……。もしかして、ここは、天国……?)

幸せのあまり、少し放心状態だったドロテアだったが、ディアナが抱擁を解いたことで、冷静さを取り戻した。

「そういえば、お義姉様。お兄様とともに、両親へ挨拶に行くのですよね? 今朝、お兄様から、報告を受けまして」

「え、ええ。そうなんです。けれどまだ、詳しいことは何も決まっていなくて……」

今日にでもヴィンスは両親に宛てて手紙を書くと言っていたので、おそらく予定は近日中に分かると思うと、ドロテアは補足する。

すると、ディアナは、キラキラした目でドロテアを見つめた。

「お兄様にはもう了承を得たのですが、両親のもとに私とラビンも一緒に行きたいと考えていまして……。よろしいですか……? 久々に両親に会いたいですし、ラビンとのことも報告したくて……」

「もちろんです。ディアナ様にも会えたら、ご両親はとっても喜ばれるでしょうね」

ドロテアがそう言うと、ディアナは満面の笑みを浮かべた。

その様子はとても可愛らしいのだが、ドロテアは些《いささ》か違和感を覚えた。

(ディアナ様は、ご両親に会うことに対して、躊躇《ちゅうちょ》しているような様子はない……。むしろ、心から楽しみにしているようだわ)

これは一体どういうことなのだろう。

ヴィンスがただ単に両親が苦手なのだろうか。

それとも、結婚の挨拶に際に、両親がドロテアを嫁とは認めない！　などと揉《も》めることを危惧《きぐ》しているのだろうか。

(……それならまだ、良いけれど)

「お義姉様がいてくれたら、両親とお兄様も……きっと……」

考え事をしていたドロテアに、ディアナのそんな囁《ささや》きは聞こえなかった。


三日後の夜、十時頃。

未だお仕着せに身を包んだドロテアは、軽食を載せたトレーを持ち、執務室を訪れていた。

「ヴィンス様、失礼いたします。そちらの書類ですが、もう少しお時間がかかりそうですか？」

いつも大勢が集まる執務室には、ヴィンスの姿しかない。

ここ最近ドロテアが一心不乱に事務作業をしたおかげで、ラビンたち文官は、今日早めに仕事を終えることができたのである。「ドロテア様に心からの感謝を……！」と、言って退勤していく皆を目にした時、ドロテアがなんとも言えない気持ちになったのは記憶に新しい。

「ドロテア？　何故ここに」

ドロテアの登場にヴィンスは驚いた様子で顔を上げると、彼女が手に持つトレーに載ったサンドイッチを視界に捉えた。

「それを届けに来たのか？」

「はい。ヴィンス様が自室に戻られる気配がなかったので、まだ執務室で仕事をしていらっしゃるのかと思い、シェフに頼んでキッチンを使わせていただき、作ってまいりました」

「ドロテアが作った、だと？」

その瞬間、ヴィンスの目が期待でキラキラしたのを、ドロテアは見逃さなかった。

「ただ具材を挟んだだけですから！　あまり期待はしないでください……！　その、ヴィンス様、仕事に集中しすぎるとお食事を忘れてしまいがちですから、心配だったのです。サンドイッチならば手軽に食べられると思ったのですが、お召し上がりになりますか？」

「ああ。ドロテアが俺のために作ってくれたものを食べないわけないだろう」

ヴィンスは声を弾ませながら、執務机からローテーブルの近くのソファへと腰を下ろす。

(何の変哲もないサンドイッチだから……本当に期待しないでほしいんだけれど……)

とにかく、ヴィンスが休憩し、更に食事をとるというのならば、早く準備をしなければ。

そう考えたドロテアは、トレーをローテーブルにおろし、一緒に持ってきていたティーセットを使って、手早く紅茶を淹《い》れた。

続いて、紅茶とサンドイッチをヴィンスの前に置く。

すると、ヴィンスに隣に座るよう指示されたドロテアは、失礼いたしますと言ってから、彼の隣に着席した。

「早速、食べてもいいか?」

「は、はい。どうぞ」

ヴィンスはサンドイッチを手に取り、鋭い牙を覗《のぞ》かせてから、それを頬張る。

自分が作ったものを愛する人がもぐもぐと咀嚼《そしゃく》する姿に、ドロテアはなんだか胸がキュンと疼《うず》いた。

ヴィンスはごくりと飲み込むと、ドロテアの方に顔を向け、微笑んだ。

「物凄く美味《うま》い」

「本当ですか？　良かったです……！」

ドロテアはホッと胸を撫で下ろす。

しかし、ヴィンスは何かを思いついたのか、珍しく甘えたような顔を見せた。

「……が、ドロテアが食わせてくれたら、もっと美味いと思うんだが、どうだ？」

「……!?　あ、味は何ら変わらないと思いますが……」

「変わる。あーん」

（まさかの断定……!?　しかも、既に口を開いていらっしゃる！）

キスまでした仲とはいえ、ヴィンスにあーんをするのは恥ずかしいと、ドロテアは少し躊躇した。

けれど、あまりに持たせては申し訳ないし、ヴィンスが引いてくれる様子がないことから、ドロテアはサンドイッチを手に取ると、意を決して彼の口へと運んだ。

「あーん……」

「……ん、やはり、ドロテアが手ずから食べさせてくれたサンドイッチは、最高に美味いな」

「……っ」

サンドイッチを飲み込んだヴィンスは、赤い舌をぺろりと覗かせる。

その色気たるや、凄《すさ》まじい。

「ああ、それと――」

「えっ」

ヴィンスのあまりの色気にぼんやりとしていたドロテアは、いつの間にか彼に顎を掬《すく》われていたことに気付くのが遅れてしまい――。

「ん……っ」

「……やはり、こっちも美味いな」

「～～っ」

気付いた頃には、時既に遅し。

不意打ちのキスに、ドロテアは腰が砕けそうだった。

その後、ヴィンスは満足したのか、パクパクとサンドイッチを食べていった。

一方、ドロテアはまたキスをされるかも、と警戒し、体をピシャリと固まらせている。

（キスは好き……だけれど、緊張するんだもの）

そんなドロテアの内心を、聡いヴィンスは見抜いているのだろう。

ヴィンスはサンドイッチを食べながらも、空いている方の手でドロテアの手を握ったり、指をなぞったりして、ドロテアに意識を向けているというアピールを欠かさない。食べ終わったら、覚悟しておけと言われているみたいだ。

「ヴィンス様は、意地悪です……」

「ほう？　俺はただ、えらく緊張しているドロテアのために、手をマッサージしているだけなんだが」

「……口が上手ですね」

「ククッ、言うようになったな」

それから、サンドイッチを食べ終え、紅茶も飲み干したヴィンスは、さも平然とドロテアに触れるだけのキスを落とした。

またもや不意をつかれたドロテアが少しだけ悔しそうに眉を吊り上げると、ヴィンスは愉快そうに目を細める。

「ありがとう、ドロテア。美味かった。……サンドイッチも、お前も」

「……!?　あまり意地悪が過ぎますと、次に軽食を作った際は、すぐに退散させていただきますからね……！」

「……ふ、許せ。怒った顔も可愛くて、またキスしてしまいそうだ」

「……っ」

何をしてもヴィンスが一枚上手《うわて》だ。のらりくらりとドロテアの言葉を躱《かわ》し、甘い言葉でこちらの思考を奪ってくる。

（一生、勝てる気がしないわ）

ドロテアがそんなことを思いながら、できるだけ冷静になろうと努める。

すると、ヴィンスが「そういえば」と話題を切り出した。

「両親から手紙の返事がきた」

「……！　ご挨拶はさせていただけそうですか？」

「ああ。場所は『レビオル』にある両親が暮らす屋敷。出発は二週間後だ。……ただ、一つ条件があってな」

ほんの僅《わず》かに表情を歪めたヴィンスの様子に、ドロテアは息を呑んだ。

「……と、いいますと？」

「三、四日は屋敷に泊まるよう指示があった」

「えっ」

なにかとんでもないことを言われるのかと危惧したドロテアだったが、ヴィンスの言葉に目を丸くした。

（それはつまり、ご両親は私たちの来訪を比較的楽しみにしているのでは……？　もしくは、とても気遣ってくださっているかだけれど）

どちらにせよ、挨拶に出向いた息子とその婚約者に屋敷に泊まるよう言ってくれるのは、こちらに好意的なように思える。

「……かしこまりました。城を空けるのでしたら、早めに仕事を終わらせておかないといけませんね。私もできる限りお手伝いいたします」

「ああ。頼む」

それなのに、ヴィンスが顔を歪めたということは、それほどまでに両親のもとに長居をしたくないのだろうか。

（単なる親子喧嘩《げんか》が原因で？　それとももっと深い理由……？）

何にせよ、ヴィンスが話してこない以上、むやみに聞くことはできなかった。

家族の問題にズカズカと踏み込めないという理由ももちろんのこと、ヴィンスが話さないと決めたなら、その意思を尊重してあげたい。

（けれど、もしも、今後話してくださることがあったら……）

その時は、ヴィンスに寄り添ってあげたい。できることなら何でもしてあげたい。

「私は絶対に、ヴィンス様の味方ですからね」

「どうした、突然」

「ふふ。内緒、です」

そう決意したドロテアはその後、ヴィンスにサンドイッチの礼にと尻尾を差し出されたので、思う存分もふもふした。

耳ももふもふさせてくださいと頼むドロテアに、ヴィンスは「言うと思った」と囁いて、くしゃりと笑ったのだった。

第三十七話 ✦ 北端の都『レビオル』

ヴィンスの両親のもとへ挨拶に行くことが決まった次の日。

ドロテアはヴィンスや文官たちの仕事を手伝いながら、その合間に目的地である『レビオル』について調べていた。

「『レビオル』――ある程度のことは知っているつもりだけれど、改めて調べておかないとね」

自室のソファに腰掛けたドロテアは、『レビオル』についての記述がある本に目を走らせる。

『レビオル』とは、レザナードの最北端の都市のことだ。

（確か、ヴィンス様のご両親は、五年前――ヴィンス様が王に即位したのとほぼ同時に、『レビオル』に移ったのよね）

というのも、『レビオル』が、隣国『アスナータ』との国境に位置しており、この二つで日々睨《にら》み合いが行われているからであった。

どうやら『アスナータ』に住む人々は獣人のことを酷く嫌っており、何かといちゃもんを付けてくるらしいのだ。

今はまだ国境にいる騎士同士の口喧嘩で済んでいるみたいだが、何がきっかけで争いに変わるかは分からない。

そのため、ヴィンスの両親は騎士の一部を引き連れ、牽制《けんせい》のために『レビオル』に住むことにしたようだ。レザナード前国王夫妻がいる土地に、敵は下手なことはしないだろうと。

そんな『レビオル』だが、山々に囲まれた土地で、温暖なレザナードで最も寒い地域である。

ここ数年で急激に寒さが悪化し、一年に三ヶ月ほどは雪が降り積もることもあるらしい。

しかし、その気候のおかげもあって、レザナード国内では『レビオル』でしか見られない珍しい植物が存在するという。

(甘い樹液が出る、クヌキの木！　数日間は屋敷に滞在させてもらえるみたいだから、一日くらいは山や森に行って、クヌキの木を探してもいいかしら……？)

サフィール王国にもクヌキの木はなかったので、ドロテアは図鑑や本でしか見たことがなかった。

挨拶がメインであることは重々承知しているが、知的好奇心が旺盛なドロテアは、もし直に見られるなら見たい……いや、なんなら触ってみたい、と思わずにはいられなかった。

(『レビオル』に行ってからのことは、ヴィンス様にまた相談してみましょう)

それに、ドロテアが山や森に行きたい理由がもう一つ。

『レビオル』の山や森の魅力はクヌキの木だけでなく、多くの動物が生息していること。

その中でもドロテアが是非見てみたいのは、プシュという動物だ。

見た目はオコジョにとても似ていて、普段は山野の地肌に溶け込むような褐色をしているのだが、『レビオル』では雪に紛れる白色になるらしい。

（白いプシュ、見てみたい……。絶対に可愛いに違いない……）

何にせよ、『レビオル』に向かうのならば、暖かい服を用意しなければ。

（生地が分厚いドレスはもちろん、コートかポンチョ、足元が冷えないようにブーツもいるかしら。あ、それに手袋も）

王城から『レビオル』までは、馬車で約二日の道のりだ。

どの辺りから寒くなるかは分からないため、コート類は馬車内に持ち運んでおくほうが無難だろう。

「ナッツ、貴女《あなた》も『レビオル』には一緒に行ってくれるのよね？　冬用の服や靴なんかの用意しておいてもらえる？」

ドロテアは本から視線を持ち上げ、斜め前に位置するナッツに問いかけた。

「はいっ！　もちろんです！　『レビオル』でもドロテア様のお世話をさせていただきますっ！　暖かい服装の準備もお任せください！」

「ふふ、ナッツがいてくれるならとっても心強いわ。それに、いつもありがとう」

「ぷっきゅーーんっ！　どこまででも付いていきますドロテア様！」

ぷりんぷりん！　尻尾を大きく揺らすナッツの様子に、ドロテアはついつい顔が綻んでしまう。

（ああ、なんて可愛さなの……。尻尾に顔を埋《うず》めたい……って、また私ったら！）

ドロテアは自らの欲望を吐き出さんと、「う、うん！」と咳払いをしてから、会話を続けた。

「ハリウェル様を含めた騎士の皆様も護衛で付いてきてくれるみたいだから、かなりの大所帯になりそうね」

「はいっ！　あ、ドロテア様、ディアナ様のことは既にお聞きになりましたか？」

「ええ。ディアナ様は、『レビオル』に行けなくなってしまったのよね」

というのも、『レビオル』に出発する日に、ディアナは先約を入れてしまっていたそうだ。

仲の良い令嬢の誕生日パーティーだそうで、断るわけにはいかなかったという。

そのため、一日遅れて『レビオル』に向かい、合流するつもりらしい。もちろん、ラビンも一緒に来るようだ。

「ディアナ様のことはさておき、問題は手土産に何を持っていくか、よね」

「このナッツ！　ドロテア様がご指示くだされば、何でもご準備しますからね……！」

「ええ、ありがとう……。もう本当にありがとう」

茶色のふわふわの耳をピンッと立てて、胸の前で両拳をギュッと握り締めるナッツの可愛らしさにも感謝しつつ、ドロテアは改めて手土産について考えてみる。

（寒い地域に出向くのだから、手土産は暖かいもののほうが良いわよね……。あ、そうだわ）

ヴィンスやディアナに確認してからになるが、ワインはどうだろう。ただのワインではなく、ホットワインに適したワインをいくつか持っていけば、喜ばれるのではないだろうか。

（この辺りではホットワインはあまり飲まれないけれど、『レビオル』のような寒い地域ならホットワインは人気のはず。アルコールの度数の高いもの、低いもの、それこそ最近売り出されたアルコールのないものや、甘みの強いものも持っていけば……）

更に、ホットワインによく合うスパイスやハーブ、フルーツを持っていっても喜ばれるかもしれない。

どれも荷馬車の場所を取らないし、二日の馬車の旅で腐るようなものでもないから、運搬の問題もないだろう。

（ヴィンス様もワインは好まれるし……うん。良いかもしれない）

しかし、これだけでは些か物足りない気がする。

せっかくヴィンスの両親に会うのだから、もう少し特別な手土産を準備したい、のだけれど。

（コートやブーツは持っているだろうし……そもそもサイズがあるものはあまりね……）

と、すると、無難なのはマフラーだろうか。

肌触りが良く、保温性が高いマフラーを選べば、それほど嫌がられるということはないはず。デザインもシンプルなものを選べば……。

（でも、普通に考えて、マフラーは既に持っているわよね……。とはいえ、他の防寒具といっても……って、あれ？　そういえば、獣人の皆さんの耳や尻尾って……）

はたと疑問に思ったドロテアは、ナッツに問いかけた。

「ねぇ、ナッツ。ナッツ……というか獣人さんたちのお耳や尻尾って、暑さや寒さはどう感じているの？」

「そうですね……。一概には言えませんが……基本的には、温度に対して耳は敏感で、尻尾は鈍感、でしょうか？」

……つまり、獣人たちの耳は寒さを敏感に感じ取るということ。

「ありがとう！　ナッツのおかげで、良いものが思い付いたわ！」

「うふふっ！　お役に立てて何よりですっ！　もしお手伝いできることがありましたら、何なりとお申し付けくださいね！」

それからドロテアは、様々な種類の毛糸の準備や、とある職人に連絡を取ってもらうようナッツに指示をした。

ナッツはお仕着せからメモとペンを取り出し、ササッとそれにメモをすると、「そういえば」と口を開いた。

「昨日から早速、ルナさんが王宮メイドとして働き始めたようですよ。大変優秀だそうで、それはもう執事長が大喜びだそうです！」

「……！　本当？　良かった……。教えてくれてありがとう、ナッツ」

事前にナッツには、ルナが王宮メイドとして働き出すかもしれないことと、そうなった際は知らせてほしいと伝えてあった。

けれど、セグレイ侯爵家の不正が分かってから、まだ一週間も経っていないうちに、セグレイ侯爵家のメイドを辞めて、王宮メイドとして働き始めるとは……。

（ルナさん、凄まじい行動力……！）

おそらく家族のことは一段落したため、王宮メイドの門を潜《くぐ》ったのだろう。しかし、ルナが目指す専属メイドは、誰でもなれるわけではない。

（ルナさん、待っていますね。専属メイドとして、貴女に仕えてもらえる日を――）

婚約パーティーの日、『ドロテア様にお仕えするためでしたら、なんだって頑張れます』と語ったルナのことを思い出しながら、ドロテアは柔らかな笑みを浮かべた。


スッキリとした空気の朝。

今日は、ドロテアたちが『レビオル』に発つ日だ。

「お義姉様っ、明日には追いかけますからね！　道中お気を付けてくださいませ！」

「はい。ディアナ様も気を付けてお越しくださいね」

ディアナとのそんな会話を最後に、ドロテアたちが乗った馬車がゴトゴトと動き出す。その後ろにはナッツや、数名のメイドが乗る馬車。そのまた後ろには荷馬車が連なっている。

ハリウェルを含む騎士たちは馬に跨《また》がり、馬車を警護しながら移動するようだ。

（ついに出発ね）

目の前でヴィンスが足を組んでも広々とした車内は、さすが王室専用の馬車というべきか。座る部分のクッション性も高く、今後寒くなることも見越して、厚手のブランケットも用意されている。

いつもと同様、黒い装いに身を包んだヴィンスに、ドロテアはにこりと笑いかけた。

「ヴィンス様、今日からしばらく、よろしくお願いいたします」

「それはこちらの台詞《せりふ》だ。屋敷に着いたら色々と気遣うこともあるだろうから、馬車や宿に泊まる際はできるだけ楽にしていろ。……なんなら、早速膝枕でもしようか？」

「ま、まだ出発したばかりですからね……！」

少し意地悪そうに、ヴィンスはクツクツと笑う。

（良かった……。いつものヴィンス様だわ）

ヴィンスが無理をしているのではないかと危惧していたが、彼の至っていつも通りの様子にドロテアはホッと胸を撫で下ろす。

ヴィンスと両親の関係については、ヴィンスが己の口から話してくれるのを待つと決めたものの、気にかけてしまうのは致し方ないだろう。

（ヴィンス様とご両親の間に何があるのかは分からないけれど、せっかくの遠出だもの。……ヴィンス様にも楽しんでいただきたい）

急ぎの仕事は全て終わらせてある。

数日前に届いたロレンヌからの手紙にも返信済みだ。手紙には、シェリーや両親が世話になっている農園で作られた『ミレオン』を明日には着くように送ると書かれており、楽しみでならない。

ヴィンスとも情報は共有済みだ。

『レビオル』の事前調べも完璧だ。

道中にあるちょっとした観光名所や、到着するまでに泊まる宿の選定も抜かりはない。

手土産の準備に、寒さ対策もバッチリなので、後はもう楽しむだけだ。

（ヴィンス様のご両親にお会いすることを考えると、さすがに緊張するけれど、それはある程度は仕方のないことだと受け入れるしかないものね。さあ！　楽しみましょう！）

ドロテアはギュッと拳を作り、自らに気合を入れる。

「ドロテア、一人で色々と考えていないで俺に構え」

しかし、その拳にしれっと手を重ねてきたヴィンスに、ドロテアはいとも簡単にペースを乱されるのだった。

二日後の朝。

『レビオル』の少し手前の街の宿に泊まったドロテア一行は、一時間ほど馬を走らせたところで、急激な寒さに襲われた。

肩を震わせるドロテアに対し、ヴィンスは「やっと着いたか……」と呟いてから、ドロテアに窓の外を見るように指をさす。

「こ、これは……っ」

出発した時とは全く違う景色に、ドロテアは馬車の窓にグイッと顔を近付ける。

キラキラと瞳を輝かせながら、ドロテアはヴィンスの方を振り向いた。

「見てくださいヴィンス様……！　山が真っ白……！　あっ、地面まで……！　一面の銀世界ですよ……！　もう『レビオル』に入ったのでしょうか……!?」

「ああ。『レビオル』に入ると、途端に寒くなるのはいつものことだが……かなり積もっているな。二週間ほど前から急激に冷え込んだとは聞いていたが、ここまで積もるのは珍しい」

辺り一面、雪、雪、雪。

空は快晴で、今は雪は降っていないため、昨夜に降った雪が積もったのだろうか。

真っ白な雪に太陽の光がキラリと反射している様に、ドロテアは堪らず目を奪われた。ずっと見ていられそうだ。

「とっても綺麗《きれい》です……！　サフィール王国でも、積もるほど雪が降ることはありませんでした……！」

「そうか。ドロテアが楽しそうで何よりだ。……だが――」

「きゃっ」

ヴィンスはドロテアの腹部に腕を回すと、半ば強引に自身の膝の上に座らせ、彼女を背後から包み込むように抱き締めた。そして、ハーフアップをしているドロテアの髪の毛を優しく片側に寄せ、露わになった首筋にキスを落とした。

「……!?　ヴィンス様……っ、何を……！」

「両親の住む屋敷に着いたらあまりこういうことはできなくなるだろうから、今のうちに触れておこうかと思っただけだが？」

「……っ」

耳元で囁かれる甘やかな言葉に、ドロテアの心臓はドキドキする。大きな体に包み込まれていることも相まって、胸の高鳴りが収まらない。

「良い、ですよ……？」

けれど、ヴィンスにされる全てが嫌ではないのだから困ったものだ。

ドロテアがヴィンスの言葉を許容すると、彼は一瞬喉をゴクリと鳴らした。

「……っ、じょう、だん、だ」

「えっ」

珍しく、ヴィンスの声が動揺している。

そんな彼の顔が見たくて、ドロテアは体を捻《ひね》って彼の顔を視界に収めた。

「ヴィンス様、お顔が真っ赤ですが……」

「……っ、ドロテアが俺に甘いのが悪い。いいから、さっさと上着を着ろ。風邪を引くぞ。雪を眺めるのはそれからにするといい」

「わぷっ」

ヴィンスはドロテアを向かいの席に座らせると、近くに置いてあったドロテアのポンチョを手に取り、それを彼女の頭の上にぽとりと落とす。

視界がほとんど遮られてしまったドロテアだったが、僅かに見える隙間からヴィンスの顔をじぃっと見つめていると、とあることを確信した。

(ヴィンス様って……私が甘えたり、ヴィンス様の冗談に本気で答えたりすると、たまに照れるのよね……)

それこそ、漆黒の耳が赤色に染まっているように見えるくらいに。

(か、可愛い……。照れているお顔も、ピクピクとしたお耳も……)

ドロテアは堪らず「ふふっ」と笑い声を漏らすと、頭の上からポンチョを手に取った。

ナッツが用意してくれたポンチョは、どんなドレスにも合うようにと選んでくれたクリーム色で、ふわふわとした質感が気持ちいい。

ミントグリーンの厚手のドレスの上にそれを羽織ったドロテアは、次にパンプスから茶色のブーツへと履き替えた。

ヴィンスの両親に会うのにブーツはカジュアル過ぎるかもと思ったものの、これだけ雪が降り積もっているのなら、馬車から降りた時のための安全性が高いほうが良いだろう。

「ハァ……。暖かいです」

ドロテアがお風呂に浸かった時のような緩んだ表情を見せる。

その姿に、冷静さを取り戻したヴィンスはコートを羽織りながら、ふ、と微笑んだ。

「両親の住まう屋敷は門までの間にかなりの階段があって、馬車は門の前に停めることができないから、少し歩くことになる。外はここよりも寒いだろうから、耳当ての準備もしておけ」

「はい……！　ヴィンス様、改めてありがとうございます。今から着けるのが楽しみです」

ドロテアが座っている場所のすぐ傍《そば》にある箱に入っている黒い耳当ては、別名イヤーマフラーとも呼ばれている。

形状はカチューシャを少し太くした感じで、ポンチョと同じくもこもことした生地で作られている。

可愛らしくてドレスにとても合うこれは、数日前にヴィンスが贈ってくれたのだ。

「あの、ヴィンス様……」

次にドロテアは、ヴィンスからの贈り物が入っている箱の隣にある大きな袋へと視線を移す。

そして、その袋の中から包装済みの正方形の箱を取り出したドロテアは、それをおずおずとヴィンスに差し出した。

「実は私からも一つ、贈り物があるのですが……」

「……ドロテアが俺に？　……開けても良いのか？」

「は、はい！　気に入っていただけるかは分かりませんが……！」

ヴィンスは箱からリボンを解《ほど》いて中身を手に取ると、その見た目に驚いた。

「これは……俺たち獣人の耳も覆い隠すことができる帽子――」

ヴィンスが手に持っているのは、毛糸で編まれた黒い帽子だ。

頭の部分がヴィンスの耳より一回り大きい耳の形をしている。

元来獣人国にある獣人たちの耳には当たらない帽子でも、ドロテアがディアナに贈った耳の部分がくり抜かれた帽子でもない、新しい形の帽子だった。

「はい。ナッツから、獣人の皆さんのお耳は気温に敏感だと聞いたので、少しでも暖かくなっていただければ、と」

「そのために、ドロテアが考案したのか？」

「考案もそうですが……実は、ヴィンス様が持っているその帽子、私が編んだものなのです」

「……！」

ヴィンスの目が大きく見開かれる。

以前、ドロテアがディアナに贈った際の帽子は、職人に頼んで作ってもらったものだった。

そのため、ヴィンスは今回もそうだろうと考えていた故の反応なのだろう。

「昔から編み物は少し得意でして……。せっかくなので、自分で作れないかな、と……」

ドロテアが自信なさげに話していると、目の前のヴィンスが帽子を凝視している様子が目に入った。

ヴィンスの表情からは、何を考えているかまではっきりと分からない。

（も、もしかしたら、どこかほつれていたのかしら……!?）

帽子に不手際がないか念入りにチェックしたとはいえ、作ったのも確認したのもドロテアだ。少し編み物が得意とはいえ、素人である。

ドロテアは慌てた様子で頭を下げ、「申し訳ありません……！」と謝罪を口にした。

「……？　何を謝っているんだ？」

「えっ。ヴィンス様が帽子をまじまじと見つめていらっしゃるので、糸のほつれでもあったのかと……」

毛糸は柔らかくて肌触りが良く、保温性に優れた素晴らしいものを使っている。

更に、この毛糸はかなり伸びるので、サイズも問題ないはずだ。

だが、一国の王が身に着けるものが不恰好だなんて、それ以前の問題だ。そもそも、この帽子はヴィンスには可愛過ぎたのでは？　とさえ思えてくる。

「いいから、顔を上げろ、ドロテア」

「は、はい」

不安を抱えたままドロテアが顔を上げると、目の前のヴィンスの姿に目を丸くした。

「……これは良いな。暖かいし、触り心地も良い。それに、耳も全く痛くない」

「ヴィ、ヴィンスさ、ま……！　かわ……かわ……可愛い……っ！」

普段クールな印象を与えるヴィンスだが、柔らかな毛糸の帽子を被ったせいか、柔和な雰囲気を纏《まと》っている。

というか、ヴィンスが耳付きの帽子を被っているという事実だけで、もう可愛い。可愛過ぎる。

「ヴィンス様！　素敵です……！　とってもお似合いです……！」

興奮気味に話すドロテアに、ヴィンスは愛おしそうに微笑んだ。

「褒め過ぎだろ。……因《ちな》みに言っておくが、この帽子をジッと見ていたのはなにか不手際を見つけからじゃない。……ただ単に、感動で目が離せなかっただけだ」

「……!?」

「好きな女が俺のために帽子を編んでくれたなんて、嬉しいに決まっているだろう?」

ブンブンブン!　風を切るようにヴィンスの尻尾が揺れている。あれは、かなり嬉しい時の動きだ。

言葉でも表情でも体の動きでも嬉しさを表現してくれるヴィンス。

ドロテアの不安は吹き飛び、その一方で幸福に満たされていった。

「ふふ、とっても嬉しいです……!」

「それはこっちの台詞だ。この帽子、大切にする。ありがとう、ドロテア」

馬車内にほっこりとした空気が流れる。

しかし直後、ヴィンスは「そういえば……」と言いながら、ドロテアの横を指さした。

「その袋の中には、他に何が入っているんだ?」

「ああ、これには……」

ヴィンスに贈る帽子を入れてあった大きな袋を抱えたドロテアは、その中身がしっかりとヴィンスに見えるように傾けた。

「実は、これも耳付きの毛糸の帽子なんです。ナッツやハリウェル様、その他の騎士様や、ヴィンス様のご両親の分も!　迷惑でなければ良いのですが……」

ドロテアがそう伝えると、ヴィンスを纏う空気が一変した。

春のような温かなものから、極寒の地に迷い込んだ時のような冷たいものに。

「ヴィンス様？　どうかされましたか……？」

「それも、ドロテアが編んだのか？」

何故だろうと思ったのも束の間だった。

ヴィンスの問いかけに、ドロテアは彼がどのような感情を抱いているのかに気付いてしまった。

「……ヴィンス様、もしかして、やきもちを焼いていらっしゃいますか？」

「……知っているだろう？　俺がどれだけ嫉妬《しっと》深いか」

つまり、是、ということなのだろう。

「ナ、ナッツたちに贈る分は、全て職人さんに頼んで作っていただいたものです。私一人では、全員の分を作るのは不可能でしたので……」

「……そうか。それなら良い」

ヴィンスが満足気に口角を上げる。

それは、いつもの蠱惑《こわく》的な表情だ。しかし、未だに耳付きの帽子を被っているせいで、可愛らしさが上回っている。

（可愛い……！　ヴィンス様のこのお姿は、目に焼き付けておこう）

ドロテアはついついニヤついてしまうのを必死に我慢しながら、ヴィンスをジッ……と見つめ続けた。

第三十八話 ✦ ご両親のもとへ、到着！

暖かい装いに身を包み、雪景色を見ながら馬車を走らせること早一時間。

ヴィンスの両親が暮らす屋敷の門の手前にある、長く続く階段の周辺に到着した一行は、馬車から降りた。

「ドロテア、この辺りの積雪は屋敷の者が退《ど》けてくれているようだが、念の為足元には気を付けろ」

「はい、ありがとうございます……！」

ドロテアは、帽子が入った袋を持ちながら、ゆっくりと地面に足を着けた。自身の息が白くなる様子に、改めてこの地の寒さを実感する。

その場には既に、同行してきた者とは違う騎士たちの姿があった。ヴィンスやハリウェルの姿を見て挨拶をしに来ることから、おそらく彼らはヴィンスの両親と共にこの場に来た騎士なのだろう。

そんな彼らにドロテアも軽く挨拶をした後、目的地である屋敷に繋《つな》がる階段を目にした。

（階段としては長いけれど、一段一段はそれほど高くないわね。雪も端のほうに退けてあるから、

それほど大変ではなさそう）

　とはいえ、油断は禁物だ。ヴィンスの言う通り気を付けないと……と思っていると、後方から足音が聞こえたので振り向いた。

「ドロテア様っ！　長旅お疲れ様でございました……！　わぁっ！　ポンチョやブーツ、それに耳当てもとってもお似合いですっ！」

「ナッツも、お疲れ様。ふふ、ナッツのセンスのおかげね」

　暖かそうなコートを羽織ったナッツは「そんなことは……！」と謙遜しながらも、嬉しそうに尻尾を大きく回している。そのせいで、ナッツの後ろには強風が吹き荒れた。

「ナッツ……！　貴女の後ろにいる騎士様たちがとっても寒そうだから落ち着いて……！」

「……ハッ！　つい嬉しくて興奮してしまいましたっ！」

　ナッツは寒さに凍える騎士たちに謝罪をすると、再びドロテアのすぐ傍まで駆け寄ってくる。

「そういえば、何を持っていらっしゃるのですか？　代わりにお持ちいたしましょうか？」

　ナッツにそう聞かれたドロテアは、首を横に振って、袋の中から薄ピンク色の帽子を取り出し、ナッツに手渡した。

「ナッツ、これ受け取ってくれる？　以前、耳は気温に敏感だって話していたから、この帽子を職人さんに作っていただいたの」

「……!?　こ、これって、今陛下が被っていらっしゃるのと同じ帽子ですか!?」

帽子を受け取ったナッツは、自身の手にある帽子と、騎士たちと話しているヴィンスを交互に見やる。ピクピクと動く耳がとっても可愛らしい。

「厳密には耳の形が違うから完全に同じではないのだけれど、ほぼ同じよ。良かったら被ってみてね」

「ぷっきゅーん!! ありがとうございますドロテア様っ！　一生大切にいたします！　それでは、早速……！　ひゃ〜！　これとっても暖かいです〜!!」

ナッツの茶色の耳や髪の毛に、薄ピンク色の帽子はよく似合う。

(喜んでもらえて良かった)

大袈裟《おおげさ》なくらいに飛び跳ねて喜ぶナッツの姿に、ドロテアは堪らずくしゃりと満面の笑みを浮かべた。

それからドロテアは、ハリウェルや皆にも帽子を配った。

因みに、ハリウェルの帽子はミルクティー色である。他の騎士たちは濃いグレーで、ナッツ以外のメイドたちは白色だ。

「こ、こんなに、素敵なものを……！　私たち全員に……！」

皆が喜ぶ姿はとても嬉しかったのだが、ハリウェルが感動のあまり泣き出しそうになった時は、少しだけ焦った。

「お前たち、準備が整ったなら行くぞ」

「「ハッ……！」」

帽子を装着後、みるみるうちに荷下ろしが終わったため、屋敷に向かうため階段を上ることになった。

約三分の一の数の騎士は、屋敷に不審者が侵入するのを防ぐため、事前に警護していた騎士たちとともに階段の下で待機だ。

ドロテアはヴィンスの両親に渡す用のワインをハリウェルに、帽子をナッツに任せ、ヴィンスの隣を歩いていく。

すると、ヴィンスが前を見ながらドロテアに声をかけた。

「屋敷に滞在する三日間、できるだけお前が気を遣わなくて済むよう配慮するつもりだが、苦労をかけることもあるだろう。……悪いが、よろしく頼む」

「お気遣いありがとうございます。これでも案外、精神面は弱い方ではないと自負していますので、ご安心を。……妹の尻拭《しりぬぐ》いのおかげで、諸々鍛えられております」

「ふ、それは確かにな」

とはいえ、一切緊張をしないわけではない。

ヴィンスの両親とは将来的に家族になるのだから、できるだけ好印象を持ってほしい……。そう思えば思うほど、心臓の鼓動は速くなった。

（けれど、大丈夫かしら……）

ドロテアは事前に、ヴィンスに両親はどのような性格なのかと尋ねた時のことを思い出した。

――『母上は美しい人だが、淡々とした様子が他人に怖がられることがある。父上は強面《こわもて》でかなりの無口。更に、何を考えているか分かりづらい』

多少は二人の情報が欲しいと思って質問したものの、聞いたことを少しだけ後悔した。

（だって、どちらとも親しみやすい性格とは言えないのだもの……）

せめて、片方がディアナのようにフレンドリーな性格であってくれたなら、どれだけ気が楽だっただろうか。

（……って、だめよ、ドロテア！　今からマイナス思考になっては。話してみると案外盛り上がるかもしれないしね。それに……）

ヴィンスは約五年前、両親が『レビオル』に移ったすぐの頃、ディアナに頼まれて、彼女とともに一度だけこの屋敷を訪れている。

そして、それ以来両親には会っていないらしい。

約五年もの間、家族と顔を合わせていないのなら、両親の人となりもヴィンスの記憶にあるものから多少の変化があるかもしれない。

「……なんにせよ、頑張ります！」

「無理はしなくて良いからな。……もしも、ドロテアが少しでも嫌だと思ったら、すぐに王城に戻ろう。滞在の条件など、知ったことか」

「だ、大丈夫ですから！　私はそんなに弱くありませんし、せっかくの機会ですから、ヴィンス様のご両親と少しでも距離を縮められたらなと思っています」

「……分かった」

過保護に愛されるのは嬉しいが、今回ばかりは甘えるわけにはいかない。

ドロテアが改めて頑張らないと……と意気込み、階段の最後の段を上りきる。

すると門番が門を開いたのと同時に見えた、褐色をした味のある屋敷の美しさに、ドロテアから感嘆の声が漏れた。

「わあ……っ、素敵……」

褐色の屋敷の精巧な造り、所々に積もった純白の雪、細やかな細工が施された窓ガラス。そして──。

「えっ」

屋敷の玄関の前に立つ、二人の男女。

美しい瑠璃色のドレスに身を包んだ女性と、黒い軍服のような装いの男性。

どちらも漆黒の耳と尻尾を有している。男性のそれはヴィンスやディアナと酷似していて……。

「遥々《はるばる》いらっしゃい、ヴィンス」

「……よく来たな」

まさか、ヴィンスの両親が出迎えてくれるなんて思ってもみなかったドロテアは、素早くパチパチと目を瞬かせた。

隣のヴィンスの顔をちらりと窺うと、ドロテア同様、かなり驚いた表情をしている。

まさか出迎えられるとは……と思っているのだろうか。

（わざわざ出迎えてくださるなんて、実はとても歓迎されているんじゃあ……）

そんな淡い期待を持ったドロテアは、出迎えの感謝と挨拶を述べてから頭を下げるヴィンスに続いて、控えめなカーテシーを見せた。

ナッツやハリウェルなど、この場にいる全員も続くように頭を下げる。

その後、顔を上げて視界に映ったヴィンスの母の表情に、ドロテアの甘い期待は無惨に壊れた。

（ものすごく、睨まれている……！）

何故だろう。何かしてしまったのだろうか……。

しかし、先代の国王夫妻の前で、勝手にペラペラと話し出すわけにはいかない。

ドロテアが笑みを浮かべることしかできないでいると、ヴィンスがすかさず助け舟を出してくれた。

「父上、母上、こちらは俺の婚約者、サフィール王国出身の、ドロテア・ライラック公爵令嬢です」

「……ご紹介に与《あずか》りました、ドロテア・ライラックと申します。両陛下にお会いする機会をいただけましたこと、心から感謝申し上げます」

なにはともあれ、ヴィンスのおかげで最低限の挨拶ができたドロテアは、ホッと胸を撫で下ろした、のだけれど。

「とりあえず屋敷に入りましょう。詳しい挨拶はまた中で。行きましょう、貴方《あなた》」

「ああ」

ヴィンスの母の抑揚のない声。

素早く屋敷内に入っていくその後ろ姿。

先程睨まれた時の瞳を頭に思い浮かべたドロテアは、少し心が折れそうになった。

(ヴィンス様のお母様……間違ったことはなんら仰っていないけれど、少しばかり怖いというか……)

事前にヴィンスから話は聞いていたため驚きはなかったが、距離を縮めるのは容易ではなさそうだ。

「ドロテア、すまない」

顔を寄せ、耳元で囁くように謝罪をするヴィンスに、ドロテアは「いえ」とだけ答えると、彼の両親たちの後に続くように屋敷に足を踏み入れた。

一部の騎士を除いたハリウェルたちやナッツも、ドロテアたちに続く。

(屋敷の中は、風がない分暖かいわね)

ドロテアは建物内に入ると耳当てを外した。ヴィンスを含め、皆も建物内に入ると揃って帽子を脱ぐ。

「ああ、そういえば」

屋敷の外観同様、味のあるエントランスを眺めながら、ドロテアがヴィンスの隣を歩いていると、はたと彼の母が振り返った。

「ヴィンス、それに他の者たちも、珍しい帽子を被っていたわね」

そう話す彼女の目つきは鋭く、またもや淡々とした声色だ。

帽子の話題を出されたドロテアの額からは、冷や汗が流れた。

(不敬だったかしら……)

屋敷内に入った際に脱帽したものの、ヴィンスの両親の前であの帽子はまずかっただろうか。ヴィンスたちがお叱りを受けることになったら、居た堪れない。

ドロテアが謝罪を口にしようとすると、いち早く口を開いたのはヴィンスだった。

「……我々の耳が寒いだろうからと、ドロテアが気遣って贈ってくれたものです。俺を含め、皆とても喜んでいます」

「…………そう」

その会話を最後に、ヴィンスの両親は再び歩き出した。

結局ヴィンスの母が何を言いたかったかは分からなかったが、お咎《とが》めはないようだ。

しかし、あの雰囲気から察するに、帽子のことを良く思っている、というわけではないのだろう。

（……こ、これは、手土産としてお渡しするのは、ワイン類だけにしたほうが良さそうね）

心配げな表情のヴィンスが、ドロテアの頭をぽんと叩く。

ドロテアは、大丈夫だと伝えるために、控えめに笑ってみせた。


ヴィンスの両親に通された応接間は、廊下と比べて段違いに暖かかった。壁側にある暖炉のおかげだろう。

部屋の真ん中にはローテーブルがあり、それを挟むように二つのソファがある。

ドロテアとヴィンス、彼の両親に分かれて、向かい合わせにソファに腰を下ろした。

ナッツたちメイドは、先にドロテアに用意された部屋に行き、運んできた荷物を解いている。ハリウェルを含む騎士たちは、この屋敷の騎士たちとともに屋敷内の把握をしているそうだ。

（それにしても、さすが前国王夫妻に仕える使用人たちね。当たり前だけれど、皆質が高いわ）

応接間内の壁際には、この屋敷の執事と数名のメイドの姿がある。

美しい姿勢に無駄のない動き、手早く運ばれてきた香り高いお茶には、さすがの一言だ。

（ハア……。美味《おい》しい……）

この屋敷に着いてから、よほど緊張していたみたいだ。紅茶を飲むと、体がほぐれていく気がする。

ドロテアがほんのりと微笑んでいると、口火を切ったのはヴィンスだった。

「改めて紹介します。俺の婚約者、ドロテア・ライラック公爵令嬢です」

やけに静かな応接間に、凛《りん》としたヴィンスの声が響く。

ドロテアは丁寧な所作でティーカップをソーサーに戻した。

「改めまして、ドロテア・ライラックと申します。ご挨拶の時間を作っていただき、誠にありがとうございます」

公爵家養子縁組手続きが無事に受理され、ドロテアの姓はライラックとなった。

だからといって、それが自分の生活に大きな変化をもたらすことはなかった。

ただ、ドロテアの心境は違う。

ヴィンスの婚約者として、身分差という不安がなくなったことはかなり大きなことだった。

ヴィンスの両親だって、ドロテアが公爵家の令嬢ならば、身分が釣り合わないという理由で一蹴することはないだろう。

二人がどの程度身分を重要視するかは知らないが、身分はあって損はないはずだ。

「はじめまして、ドロテアさん。アガーシャよ」

そう挨拶してくれたのは、ヴィンスの母であるアガーシャだ。ヴィンスから事前に聞いた話では、彼女は黒豹《くろひょう》の獣人らしい。

確かに、黒い耳はヴィンスに比べるとやや小さい。先程廊下を歩いている際に見えたアガーシャの尻尾は、ヴィンスに比べると細長く、豹の特徴的な模様がうっすらと見えた。

（ヴィンス様のお耳や尻尾も素敵だけれど、ヴィンス様のお母様のお耳や尻尾もとっても素敵……！　可愛いぃ……）

しかし、アガーシャの彫刻かと見紛《みまが》うほどに美しい顔立ちは、少し冷たさを感じる。

年齢を感じさせない美しい肌に、赤色のルージュがよく映えていて、ディアナとは違った美しさがある。

漆黒の髪を後頭部で束ねており、後れ毛がなんとも妖艶だ。ヴィンスの色気は母親譲りで間違いないのだろう。また、角度によって薄い黄色にも、水色にも見える不思議な瞳は、とても魅力的だ。

（それにとても豊満だわ……。お胸が……！）

羨《うらや》ましい……！　とドロテアが思っていると、次に口を開いたのはヴィンスの父だ。彼はヴィンスも同じ、黒狼の獣人である。

「……デズモンドだ」

地を這うような低い声は、ゆったりとしていて聞きやすいが、確かに先程から口数は少ないだろうか。

キリリとした鋭い金色の目や薄い唇は、ヴィンスとよく似ている。凜々《りり》しい眉や彫りの深さのせいで、かなり強面だが。

漆黒の前髪をかきあげたオールバックは、強面のデズモンドによく似合っている。ヴィンスよりも一回り体格が大きく、そのせいでかなり威圧感もあった。

(お二人とも、存在感が凄いわ……。若干怯《ひる》んでしまいそう)

しかし、ドロテアはできるだけ平然を装って笑みを浮かべながら、事前にハリウェルから受け取っておいたワイン類をテーブルの上に置いた。

「こちら、よろしければお受け取りください。ヴィンス様から、両陛下がお酒を嗜《たしな》まれると伺いましたので、ホットワインに合うワインと、フルーツやスパイスをご用意しました。気に入っていただけると良いのですが……」

アガーシャはワインを一本手に取ると、それをジィッと見つめる。

「………そう。ホットワインに合うワインを……。ありがとう」

アガーシャの言葉に同意するように、デズモンドがコクリと頷く。

アガーシャに、当初のような鋭い眼光はない。

ひとまず嫌がられていない様子にドロテアは安堵する。ヴィンスに視線を向ければ、彼も小さく笑い返してくれたので、更に安堵が増した。

(良かった……！　とりあえず最低限の自己紹介と、手土産をお渡しすることができたわ)

……考えた末、帽子は渡していないが、それはさておき。

その後、アガーシャは執事に指示を出し、ワイン類をテーブルから下げさせた。

それからアガーシャは、ヴィンスへと視線を向けた。

「それにしても、ヴィンス。久しぶりね。約五年ぶりかしら」

「ええ」

「……今年はかなり雪が積もっているけれど、馬車移動は問題なかったかしら」

「問題ありません」

「…………明日にはディアナも到着するようだけれど、ディアナとは仲良くしているの?」

「それなりには」

「…………」

「…………」

──まさかの会話終了。盛り上がりはゼロ。

再び訪れた沈黙は、壁時計のチクタクと動く針の音を異様に引き立てる。

(き、気まずい……!)

テーブルの下。太もも辺りに手を置いたドロテアは、冷や汗を流しながらドレスをぎゅっと握り締めた。

ヴィンスは思慮深く、何より優しい。

この場にドロテアがいるというのに、わざとアガーシャに無愛想な態度を取って、気まずい空気にさせるとは考えづらかった。

つまり、ヴィンスのアガーシャに対する返答は、自然と出てきたものであるということ。

（これは……想像していたよりも溝が深いのかもしれない……）

引き続き沈黙が続く。

ヴィンスは気まずそうに口を閉じ、元より口数が少ないデズモンドも口を固く結んでいる。

一方で、ヴィンスにいくつか話題を提供していたアガーシャといえば……。

（少しだけ、悲しそう……？）

僅かだが、眉尻が下がっているように見える。

しかし、それは一瞬のことで、アガーシャはすぐに凜とした表情に切り替えていた。

気のせいだったのだろうかと思ってしまうくらいに、自然に。

（……とにかく、何か話題を）

アガーシャの観察も大事だが、今はこの場の空気をどうにかしなければ。

そう考えたドロテアが捻《ひね》りだした話題は、隣国──『アスナータ』のことであった。

「そういえば、両陛下は『アスナータ』との不要な戦いを防ぐために、この地に来られたのですよね。最近は、小競り合いもほとんどないと聞きました」

「……ええ。最近のことまで、貴女よく知っているわね」

「ありがとうございます。この土地に来る以上、最低限のことは知らなければと思い、可能な範囲で調べてまいりました。できれば、実際に国境付近に足を運んで、『アスナータ』の様子も見たいところなのですが……」

真剣に話すドロテアの言葉に、アガーシャとデズモンドは目を見開いていた。

ヴィンスは一度ドロテアに柔らかな視線を向けてから、両親に向き直った。

「ドロテアは知的好奇心でできたような女性です。更に行動力があり、聡明。相手の立場に立って人を思いやることもでき、優しく、皆に慕われています」

「ヴィンス様、褒め過ぎでは……!?　私はそんなにできた人間ではありません……!」

「それなら、獣人の耳や尻尾が好き過ぎて、我を忘れることがあるのがたまにきず……とでも言っておこうか」

「そ、それは……否定のしようがありませんが……」

ヴィンスが意地悪さを含む笑みを浮かべる。声も楽しそうだ。

ヴィンスに、彼の両親の前で盛大に褒められ、更に好きなものを明かされたことに関しては恥ずかしい。

しかし、気まずい空気がなくなったので、結果的には良かったのかもしれない。

ドロテアはホッと胸を撫で下ろす。

アガーシャは足を組み替えて、話し始めた。

「ドロテアさんがヴィンスの婚約者になってから、貴女のことは粗方調べたわ。ヴィンスの言う通り、本当に優れた人なのでしょうね。……けれど」

アガーシャは少し間をおいてから、ドロテアに視線を向けた。

「王妃というのは、国を背負う覚悟を持たなければいけないわ。……ドロテアさん、貴女、本当に大丈夫かしら？」

「……！」

アガーシャの何とも言えない目の真意は何なのだろう。こちらを見定めているようにも見えるが、むしろ――。

「私は――」

「ドロテアは」

返答をと考えたドロテアだったが、その声はヴィンスによって遮られた。

「誰よりも国のことを、民の幸せを考えてくれています。それに、もしも今後、ドロテアが国を背負うという重圧に負けそうになっても、俺が支えるので問題ありません」

「ヴィンス様、あの……」

「ドロテア、大丈夫だ。ここは俺に言わせてくれ」

それからヴィンスは、どれだけドロテアが有能か、王妃としての素質を持っているかなどを、具体的に話し始めた。それも、相手が口を挟む隙を与えないくらいに、早口で。

ヴィンスは確かに、普段からドロテアをよく褒めてくれる。能力を認めてくれる。

(今こうやって力説してくれているのも、私のため……私が未来の王妃として認めてもらえるためだというのは分かっているわ)

けれど、ヴィンスの様子に、ドロテアは違和感を覚えずにはいられなかった。

ヴィンスは普段、こんなふうに捲《まく》し立てるように話さないし、ドロテアの意見を押さえ込むなんてこともしないからだ。

(考えられる可能性。……もしかしたらヴィンス様は昔、両陛下にまともに取り合ってもらえなかった……?)

そうだとしたら、ヴィンスの言動は理解できる。

――どうにかして、自分の意見を聞いてもらおう。取り合ってもらえなかったらドロテアが嫌な気分になるから、自分が話をしよう。

ヴィンスはそんなふうに考えているのではないかと、ドロテアは推測した。

「……ヴィンス、もう分かった」

ヴィンスの説明に待ったをかけるように、口を開いたのはデズモンドだった。

デズモンドから「お前も良いだろう?」と問われたアガーシャは、コクリと頷いた。

「ヴィンス、元より私たちは、ドロテアさんが婚約者であることや、将来王妃になることについて反対するつもりはないわ」

「………そうですか」

「ドロテアさん、これからのこの国のことを、ヴィンスのことを……よろしくお願いするわね。……それじゃあ、私は一旦これで失礼するわ。夕食の時にまた会いましょう」

アガーシャは数名のメイドとともに扉へと歩いていく。

「は、はい！　お時間をいただき、ありがとうございました」

ドロテアは立ち上がり、自身の後方の扉から出ていくアガーシャを見送った、のだけれど。

（……えっ）

一瞬見えた、アガーシャの目に光るもの。

ヴィンスに「どうした？」と声をかけられるまで、ドロテアは呆然と立ち尽くした。

第三十九話 ✦ 探索に行きましょう

アガーシャが立ち去った後、デズモンドがヴィンスと仕事の話がしたいというので、ドロテアは用意してもらった部屋に向かった。

「あっ、ドロテア様！　ご挨拶お疲れ様でした……！」

扉を開けると、先んじて荷物を運んでくれていたナッツに出迎えられた。満面の笑みだ。

部屋の内装は白色を基調としたシンプルなもの。

さすが前国王夫妻の屋敷の一室だけあって、調度品は高級なものばかりだ。ドロテアに対してしっかりと敬意を払ってくれていることが十分に伝わる。

「ナッツこそお疲れ様。それに、暖炉に火をつけておいてくれたのね。ありがとう」

「ドロテア様にお風邪を引かせるわけにはまいりませんからっ！」

ナッツは嬉しそうに尻尾をぶりんっ！　と振る。そのせいで暖炉の火が消えかけたのは、ドロテアだけの秘密だ。

「それにしてもナッツ、貴女……」

ドロテアはソファに腰掛けると、ナッツの頭部に視線を向けた。

にっこにこの笑顔はとっても愛らしいが、一点気になることがあったのだ。

「どうして、帽子を被っているの？　この屋敷に入った時に、一度脱いだでしょう？」

「ドロテア様から贈っていただいたことが嬉しくて、ついまた被ってしまいましたっ！　この帽子、ふわふわで暖かくて、とーってても可愛くて、私の宝物なんです……！」

「うっ……！」

ナッツの発言に胸を撃ち抜かれたドロテアは、咄嗟《とっさ》に口元を手で押さえた。

（可愛いのは貴女よ、ナッツ……！）

油断すると、可愛さのあまり涎《よだれ》が出てしまいそうだ。

いくらナッツと二人きりとはいえ、ヴィンスの婚約者としてそんな醜態を晒《さら》すわけにはいかないと、ドロテアは自らを落ち着かせる。

「ふぅー……ふぅー……」

「ドロテア様……？」

「大丈夫よ、ナッツ。私は平気。これからも頑張るから、ずっと可愛いナッツでいてね」

「……？　よく分かりませんが……分かりましたっ！　って、そういえばドロテア様、ご挨拶は上手くいきましたか？」

ナッツの質問によって、ドロテアの脳内には先程の光景が蘇る。

（気まずい瞬間もあって、とても楽しかったとは言い難い……。けれど）

最後に見たアガーシャの涙がどうにも引っかかる。いや、それだけじゃない。

わざわざ出迎えてくれたこと、ヴィンスと話が続かなかった時に悲しそうな表情をしていたこともだ。

（ヴィンス様のお父上に関しては、これと言って何も分からなかった）

とはいえ、少なくともアガーシャもデズモンドも、ヴィンスを嫌っているようには見えなかった。

むしろ、ヴィンスのことを大切に思っているように見えた。

（うーん。ヴィンス様とご両親の間に、一体何が……）

とはいえ、ヴィンスが話してくれるまで待つと決めたのだ。このことを考えるのは一旦やめよう。

「ええ。ヴィンス様の婚約者として、認めていただけたわ」

「さすがドロテア様です～！　良かったですね……！」

「ありがとう――って、あら、誰かしら？」

不意に聞こえたノックの音。ナッツはすぐさま入口の方に行くと、扉を開いた。

「ドロテア、急にすまない」

「ヴィンス様……！」

突然現れたヴィンスを見て、ドロテアは起立した。

ヴィンスはナッツに下がるよう指示をすると、スタスタとドロテアの近くまで歩いて来た。

「お仕事の話は終わったのですか？」

「ああ、一旦な」

「お疲れ様でした。あ、とりあえずお座りになってください」

「いや、いい。話しに来たんじゃないんでな」

とすると、一体何だろう。

ドロテアが素早く目を瞬かせると、ヴィンスはニッと微笑んだ。

「せっかく『レビオル』に来たんだ。天気も良いし、一緒に外に行かないか？」

「……！　良いのですか……？　ヴィンス様は、お疲れではありませんか？」

「俺がそんなに柔に見えるか？」

獣人は強靭《きょうじん》な肉体を持っている。人間よりも体力だってある。

二日間の移動で疲れていないのかと不安に思ったが、ドロテアが元気な時点で、先の問いかけは愚問だった。

「いえ……！」

「ドロテアが疲れていて部屋で休みたいというなら無理強いしないが、どうする？」

ヴィンスにずいと顔を近付けられたドロテアは、ブンブンと首を横に振った。

「疲れてなんていません……！　是非、是非ご一緒したいです……！　ヴィンス様が良ければ、森に行きませんか!?　この辺りの山や森にはクヌキという、樹液が出るめずらしい木があるんです！

それに、この辺りでしか見られない種類のプシュも見てみたいです……！」

欲望を解き放ち、ドロテアは目をキラキラさせながら語る。

ヴィンスは肩を揺らして、ククッと笑い声を漏らした。

「良いだろう。それでこそドロテアだ。プシュは希少な動物だから見つけられるか分からないが、ほぼ確実にクヌキの木は見られるだろう。……だが、この辺りの森は山の麓《ふもと》にあり、ここよりも積雪が多いはずだ。危険もあるかもしれないから、絶対に俺から離れるなよ」

「はい……！」

（やったわ……！　森に行けるのね！　しかも、ヴィンス様と一緒に……！）

目的のものを見られるだけでも、もちろん嬉しい。けれど、それが大好きな人と一緒なら喜びもひとしおだ。

ドロテアは両手で口元を押さえながら弾けるような笑みを浮かべた。

「それなら、早速行くか。俺は一度部屋に戻って防寒具を取ってくるから、ドロテアは支度を済ませておけ。また迎えに来る。ああ、手袋も忘れるなよ」

「はい！」

雪を被った森はどんな景色なのだろうか。一目でもプシュを見られないだろうか。ヴィンスはまた耳付き帽子を被ってくれるのだろうか。

楽しみ過ぎて、心臓がバクバクする。

ドロテアは未だに笑みを浮かべ、扉の方に戻っていくヴィンスの背中を見送った、のだけれど。

「……忘れものをした」

唐突にヴィンスはドロテアの前に戻ると、やや腰を屈めて顔を近付けた。

「……んっ」

唇が重なったのは、ほんの一瞬だけだった。

突然のことで、キスをされる直前の記憶はほぼない。

けれど、キスの際に目を瞑《つむ》ることを忘れていたドロテアは、離れていく彼の表情を目にしてしまい、顔を真っ赤に染めた。

「この屋敷にいる間は、このくらいのキスで勘弁してやる。城に戻ったら覚悟するんだな、ドロテア」

「〜〜っ」

愛おしい。けれど、少しだけ物足りない。

そんな顔をしているヴィンスの様子に、ドロテアは心臓は胸から飛び出そうになるほど激しく鼓動した。

屋敷を出る少し前、ドロテアはハリウェルに『アスナータ』との国境付近を見てきてほしいと頼んだ。

ヴィンスの婚約者として、将来王妃になる身として、『アスナータ』の情報が欲しかったからだ。

本当は、森に行く途中に国境に立ち寄り、自分の目で見たかった。

けれど、ヴィンスはそれを良しとしなかったのだ。レザナード現国王とその婚約者が突然国境付近に現れたとなっては、『アスナータ』側が過剰に警戒し、何かの拍子に争いに発展する可能性があるからと。

（獣人国の王が黒狼の獣人だというのは有名な話だものね。ヴィンス様が国境付近に現れたら、確かに警戒されてしまう）

とはいえ、ドロテアが一人で国境付近に行くなんて、ヴィンスに認められるはずはなく……。

ということで、騎士として隠密訓練も受けており、武力にも長けたハリウェルに国境付近の情報収集を頼んだのだ。

最初はドロテアの身の安全を心配し、傍を離れることを渋っていたハリウェルだったが、『レビオル』にいる間は一人で外出しないことを約束すれば、彼は頼みを引き受けてくれた。

その後、ドロテアとヴィンスは森に行くことを屋敷の者たちに告げ、出発したのだ。

「ドロテア、着いたぞ」

そして、現在。

屋敷から馬を走らせ、山の麓からほど近い森の入口に到着した。

この周辺に民家はなく、あるのは雪を被った樹木ばかり。どうやら生活圏からは外れているようだ。

耳当てにポンチョ、手袋などの防寒具をしっかり身に着けたドロテアは、ヴィンスに差し出された手を取って馬から降りる。

ヴィンスがまた耳付きの帽子を被っている姿には、つい頬が緩んでしまいそうだ。

「ありがとうございます、ヴィンス様」

屋敷の周辺よりも積雪が多い。

しかし、晴天のおかげか、少しだけ雪が溶けており、歩けないほどではないので、ドロテアはホッと胸を撫で下ろした。

近くの木にヴィンスが馬を繋いでいる間、ドロテアは周辺の樹木を観察する。

「この辺りには、クヌキの木はないようね……」

クヌキの木は、樹高三十メートルにも及ぶものが多いが、この付近には樹高十五メートル程度のものしかない。

そもそも葉の形が違うのだ。この辺りにある木に付いている葉は卵心形だが、図鑑に載っていたクヌキの木の葉は人間の手のような形をしていた。

「ドロテア、この辺りにはなさそうか？」

馬を繋いだヴィンスに背後から話しかけられ、ドロテアは振り向いた。

「はい。クヌキの木について調べた限りでは、『レビオル』の多くの森や山に生えていると書かれていたのですが……」

「ならば、少し森に入ってみるか。俺と一緒なら迷子にはならないからな」

「確かに……！」

　獣人であるヴィンスの脚力があれば、木の一番高い箇所に到達することも可能だ。要するに、かなりの高所から辺りを見渡せるということ。

　相当森の奥深くに行かない限りは、森の出入り口を見失う可能性は低いだろう。

「では、甘えてもよろしいですか……？」

「ああ。早速行くか」

　そうして、ドロテアはヴィンスが伸ばした手を取り、共に森へと入った。

　樹木の隙間から射し込む太陽の光のおかげで、森の中であってもさほど暗くない。

　積雪のある地面に対する歩き方にも少しずつ慣れてきて、ヴィンスの手の支えがなくとも問題なく歩けそうだ。

「……離すつもりはないがな」

「えっ！　私今、口に出してましたか？」

「いや？　なんとなく、そろそろ手を離しても大丈夫だと言い出しそうな気がしただけだ」

「……さ、さすがですわ……」

　ギュッと、繋いだ手の力が強められる。

思考がバレてしまっていたことに心底驚いたが、ヴィンスに離すつもりはないと言われるのは嬉しかった。

「あっ、ヴィンス様……！　ありました……！」

ドロテアが穏やかな気持ちで辺りを見回していると、ついに視界にクヌキの木を捉えた。

クヌキの木を指差したドロテアは、ヴィンスの手を引っ張るようにして、駆け足になる。

ドロテアはクヌキの木の目の前までやって来ると、感嘆の声を漏らした。

「これがクヌキの木……！　この木からあま～い蜜が採れるそうですよ！　ヴィンス様！」

「ほう……。俺も直に見たのは初めてだ。木を削って、蜜を見てみるか」

「……！　よろしいのですか!?」

「ほんの少しなら問題ないだろう」

ヴィンスはそう言うと、ズボンのポケットに入れておいた小さなナイフを手に取った。

カバーを外し、クヌキの木の幹を削り、樹皮をペリッと剝《は》がす。

すると、樹皮が剝がれた部分から、液体がじわりと溢《あふ》れてきた。

「わぁっ……！　ヴィンス様、クヌキの蜜ですよ！　加熱加工されたクヌキの蜜は少しドロッとしていて、黄色や茶色のものが多いのですが、採れたばかりのものは透明でサラサラとしているんですね……！　市場に出回っていないものが見られるなんて感動です……！」

「くくっ、嬉しそうで何よりだ」

ドロテアはクヌキの蜜に目を輝かせる。

こんなふうにクヌキの木から染み出すクヌキの蜜を直接目にする機会なんて、そうあることではない。

（せっかくだから、この蜜を舐《な》めても良いかしら……）

図鑑によると、クヌキの蜜は加熱せずともほんのりと甘いという。できることなら味わってみたい。

（でも……。さすがにやめておいたほうが無難かしら）

クヌキの蜜に毒性がないことは立証されている。

野生の動物の中には自然のクヌキの蜜を食すものがいるため、おそらく心配はいらないのだろうが……。

（……けれど、私はもうヴィンス様の婚約者。万が一があってはいけないから、やめておきましょう）

それに、こうやって直接見られるだけでも幸せだ。

「そういえば、クヌキの木について前に報告が上がっていたな。……確か、蜜がもう出なくなった木は伐採して木材としても利用する、だったか」

「はい！　クヌキの木と似た種類の木はとても頑丈で、家具などに使用すれば、とても長持ちするのではと以前職人さんたちから話を聞きました」

ドロテアは満面の笑みをヴィンスに向けた。

「ヴィンス様、ここまで連れてきてくださって、本当にありがとうございます！　とても貴重な体験でした」

「ドロテアの喜ぶ顔が見られたなら構わん。……それに、俺も少し気分を変えたかったしな」

ヴィンスの金色の瞳に、影が落ちた。

「それって……」

「……ドロテアなら気付いているんだろう？　俺が両親をあまり良く思っていないことを」

「そ、れは……。…………はい」

王城にいる頃から、ヴィンスと彼の両親の間には何かあるのだろうと思っていた。

そして、『レビオル』にきて、ヴィンスたちの態度を見て、それは確信に変わった。

「家族のことはどこまで踏み込んで良いものか分からないから、俺が自ら話し出すまで、聞かないでいてくれたんだろう？　ありがとう、ドロテア」

「そんな……私はお礼を言われるようなことは何も」

「それにすまなかった。挨拶の時、気まずかっただろ。……ドロテアに気を遣わせないよう、平常心でいなければと思っていたんだが、できなかった」

「ヴィンス様……」

悲しげに目を細めるヴィンスの様子に、ドロテアは胸がぎゅっと締め付けられて、言葉が詰まる。

「……今更だが、俺と両親の間に何があったか、話す。聞いてくれるか？」

「それは、もちろんですが……」

ヴィンスが話して少しでも楽になるのなら、話してほしい。自らが話したいと望むなら、いくらだって聞いてあげたい。

（けれど、今のヴィンス様は、私への申し訳なさから、理由を話さなくてはと思っている気がするわ……）

それは、ドロテアの望むところではなかった。

ドロテアだって、家族との不仲に悩んだ。辛かった過去の話をするのは、勇気もいるし、心もすり減ることを知っている。

だから、これまで家族とのことを話せなかったことに、ヴィンスが罪悪感を抱く必要なんてない。無理に話す必要もないのだ。

（さっきは言葉が詰まって言えなかったけれど、きちんと伝えなきゃ……）

「ヴィンス様、あの……っ」

決意したドロテアが、口を開いた時だった。

「ドロテア、待て。…………何だ、この音は」

「え？　音？　動物の鳴き声などは聞こえませんが……」

耳の良いヴィンスには何が聞こえているのだろう。

ヴィンスが耳を澄ましているので、ドロテアが口を閉ざしていると、その瞬間はすぐに訪れた。

「この音は……まさか雪崩《なだれ》か……！」

「雪崩……!?」


ヴィンスは振り返り、ゴゴゴ……と音がする方に目をやる。

ドロテアもヴィンスと同じ方向を見つめれば、ほど近い山から猛烈な勢いで雪が崩れ落ちてくるのが見えた。

「まさか……今日の晴天で雪が溶けた影響で、雪崩が発生したの……!?」

もしくは、ここ数日大雪だった影響だろうか。

（ううん、今は原因を考えている場合じゃないわ……！）

雪崩の種類は大きく分けると二つあるが、どちらにせよ、そのスピードは速い。

ドロテアたちがいる場所は樹木が多いため、この辺りに来る頃にはスピードが緩んでいる可能性も考えられるが、この場から早く離れないと万が一ということもある。

「ドロテア、早く俺に掴《つか》まれ！」

「……っ、は、はい……！」

ドロテアは迷わずヴィンスの首に両腕を回して、彼にしがみつく。

これが一番、強靱な脚力を持つヴィンスの足手まといにはならないからだ。

「ヴィンス様、雪崩を横切るようにして走ってください……！　決して雪崩の進行方向に逃げてはいけません……！」

「ああ……！」

ヴィンスならば木の上に跳ぶことも可能だが、雪崩の威力によっては倒木することも考えられる。

やはり、雪崩の影響を受けない位置に逃げるのが一番だろう。

「しっかり摑まっていろ……！　良いな……！」

「はい……っ」

そうしてヴィンスは、ドロテアを抱えて全速力で走り出した。


「ハァ……ハァ……」

雪崩発生から約十分後。

雪崩の危機から逃れたヴィンスは、ドロテアを抱いたまま息を乱していた。

走りづらい積雪の地面、進路を邪魔する樹木、雪崩に呑まれるという恐怖心に、更にドロテアを抱えた状態。

いくらヴィンスでも、疲れないわけがなかった。

「ヴィンス様、助けてくださり、ありがとうございます……！　雪崩は落ち着きましたから、一旦休みましょう！　とりあえず私を下ろしてください……！」

「……分かった」

大人しく下ろしてもらえたドロテアは、ヴィンスに抱えてもらった礼を改めて述べ、頭を下げる。

ヴィンスが「当然だ」と言ってくれたので顔を上げると、頬にひんやりとしたものを感じた。

（これは……）

ドロテアが上空を見ると、続けてヴィンスも見上げた。

「雪か……？」

真っ青な空から、ハラハラと落ちてくる白い結晶。

美しく、つい触りたくなる。

ドロテアが手を前に出すと、手袋の上に落ちた小さな雪は、一瞬にしてじんわりと溶けた。

「晴れているのに、どうして雪が？」

「確かなことは言えませんが、山の雪が風に乗って、飛んできているのかもしれません」

雪崩の発生により、山に積もっていた一部の雪が舞いやすくなっているのか。それとも、山に強風が吹き荒れているのか。

ドロテアはそう補足する。

「なんにせよ、上空は快晴ですから、この雪はそう長くは続かないと思います」

「そうか。お前は本当に何でも知っているな」

「……いえ、私はただの……じゃない。私はヴィンス様の、婚約者ですもの」

「……ふ、言うようになったな」

ヴィンスはニッと口角を上げるが、未だに息が乱れている。相当体力を消費したのだろう。

（それに、降雪と風は、体力回復の妨げになるわ……）

このまま森の出口まで歩き、馬で屋敷に戻るのは、ヴィンスに酷だ。

かと言って、ドロテアにはヴィンスを背負ってやる体力も、彼のように華麗に馬に乗れる運動能力もなかった。

（それなら……）

ドロテアは周辺を見回し、運良く見つけたそれに、「あっ」と声を上げた。

「ヴィンス様、あの洞窟で少し休みませんか？　ヴィンス様に無理をしてほしくありません。本当は、私がお助けできたらいいんですが……。申し訳ありません……」

ドロテアが申し訳なさそうな顔で指をさしたのは、数名なら入れそうな大きさの洞窟だ。

あそこなら、雪はもちろん、風も少しは防げるだろうし、雪が積もっていないため、腰を下ろすこともできる。

ヴィンスも洞窟を確認すると、すぐにドロテアの頭に手を伸ばした。そして、ぐしゃぐしゃっと、彼女の頭を乱雑に撫でる。

「なっ、何ですか……っ」

「俺はいつもドロテアに助けられている。謝罪もいらないし、そんな顔もするな」

「けれど」

「反論するなら、お前の口を塞いで、何も言えなくする。それで良いか?」

「〜っ」

ヴィンスの親指で唇をなぞられたドロテアは、顔を真っ赤にして、素早く首を横に振る。

彼には一生、勝てる気がしない。そう思ったのは、かれこれ何度目だろうか。

「……ふ、良い子だ。少し洞窟で休む。行くぞ」

「……っ、は、はい」

それから二人は洞窟内に入り、肩を寄せ合うように腰を下ろした。

ヴィンスの呼吸が少しずつ整っていく様子に、ドロテアはホッと胸を撫で下ろす。

「寒くはないか?」

「は、はい。平気で……くしゅんっ」

「こら、強がるな」

ヴィンスは自在に尻尾を動かすと、ドロテアの体を包み込んだ。

「この方が暖かいだろう?」

ドロテアは頬を緩める。お腹辺りに回されたヴィンスの尻尾を軽く触りながら、ふふ、と笑った。

「はい！　それに、幸せです……！　もふもふ、もふもふもふ……」

「……相変わらず、幸せそうだな」

（……って、だめだわ！　今はもふもふを堪能《たんのう》している場合じゃなくて……！）

ドロテアは咳払いしてから、真面目な顔を見せた。

「ヴィンス様、先程の話の続きなのですが」

「ああ。俺と両親のことについて、ちゃんと話す」

「いえ、そうではなくて……！　私に心配をかけさせまいと、無理に話さなくて良いとお伝えしたかったのです……っ」

「……何？」

ヴィンスが不思議そうに目を見開いた。

「だって私は、何があってもヴィンス様の味方ですから……！」

「…………」

「ヴィンス様……？」

無言でジッと見つめてくるヴィンスの瞳から、彼の心情の全てを読み取ることはできない。

けれど、彼の瞳に、覚悟が見えた気がした。

「……いや、話す。ドロテアに心配をかけたくないという理由だけじゃない。……俺は、お前に聞いてほしいんだ」

ヴィンスは、小さく息を吸ってから話し出した。

第四十話 ヴィンスが抱えるもの

あれは約十六年前、ヴィンスがまだ九歳の頃だった。

その日は、夜でも汗ばむような暑さだった。

廊下の窓の外に大きな満月が見える中、ヴィンスは王城のとある部屋の前でデズモンドと共にその時を待っていた。

『失礼いたします！　ついにお生まれになりました……！』

そして、その瞬間はすぐに訪れた。

目的の部屋から出てきたアガーシャの侍女の一人が、出産の報告をしてくれたのだ。

『……本当？　お母様……!!』

アガーシャの出産報告を今か今かと待っていたヴィンスとデズモンドは、急いで入室した。

すると、そこにはベッドで横になるアガーシャと、数名の医者と侍女たち、その近くには小さなベッドがあり、黒髪の赤ちゃんが眠っていた。

『陛下、殿下。姫君のご誕生、誠におめでとうございます。王妃陛下の体調も良好です。私どもがいては王妃陛下はお休みになれないでしょうから、私どもは一旦失礼いたします。少しでも異常を感じましたら、すぐにお呼びつけください』

医者の一人はそう言うと、他の医者も引き連れて部屋から出ていった。

アガーシャから少し下がっていなさいと言われた侍女たちも、医者たちと同様に部屋から出ていく。

家族しかいなくなった瞬間、ヴィンスはアガーシャに駆け寄った。

『お母様、もうお体は痛くありませんか!? 大丈夫ですか!? 出産とは大変痛いものなのでしょう?』

『ええ。今はなんとか。心配をかけましたね。……貴方も』

アガーシャは、ヴィンスの後ろに立っているデズモンドに視線を寄せた。

『……ありがとう、アガーシャ。しばらくはゆっくり休め』

デズモンドはヴィンスの隣に来ると、アガーシャの手をぎゅっと握った。強面の顔が、少しだけ優しく見える。

アガーシャも、それに応えるように穏やかに笑っている。

堂々とした、威厳のある両親を多く見てきたヴィンスは、二人のそんな姿が嬉しかった。

『ありがとうございます。姫の名前は、以前から考えていたディアナにしようかと思うのですが、よろしいですか?』

『もちろんだ』

『お母様！　お父様！　僕、ディアナに触ってみたいです！　優しくなら良いですか……？』

触ってみたくて堪らないと、ヴィンスは体をウズウズさせる。

そんなヴィンスの様子に、アガーシャとデズモンドは目を合わせて微笑み、コクリと頷いた。

『ヴィンス、ディアナの手に自分の手を近付けてみなさい。きっと握り返してくれるわ』

『はい！』

ヴィンスはディアナのベッドの近くまで行く。

数回深呼吸をしてから、小さな手にそっと自身の手を近付けた。

『わ、わぁっ！　ディアナが僕の指をギュッて……！　ギュッて握ってくれましたよ、お母様、お父様！』

アガーシャとデズモンドは、うっすらと目を細め、幸せそうに笑い声を漏らす。

ああ、両親が笑っている。生まれたばかりのディアナが僕の手を握り返してくれた。今日は、なんていい日なんだろう。

ヴィンスはその日、幸せの絶頂にあったというのに。

「ディアナが生まれたことに感動した俺はその瞬間、初めて狼の姿になった」

「……………！」

「俺が狼化した際の両親の絶望したような目を、俺は未だに忘れられない」

「……っ、その日から、ご両親との間に溝が……？」

ヴィンスはコクリと頷いた。

「その日、獣人の姿に戻った俺は、すぐに両親に自室に閉じ込められた。外から鍵をかけられ、外から姿が見えないように、昼間でもカーテンを閉めるよう指示され、絶対に部屋から出るなと命じられた」

「な……っ」

「食事や娯楽の本などは両親のどちらかが届けてくれたが、そのたびに、狼の姿になる条件が把握できるまでは部屋を出るなと言われるだけだった。……そうして当時、俺は三ヶ月もの間、両親に軟禁されたんだ」

あの三ヶ月は、少年だったヴィンスの心を深く抉《えぐ》った。

たまに会いに来てくれる両親以外と世界を隔離され、その両親でさえずっと傍にいてくれるわけでもない。

会いにくるたびに表情は暗く、自分のせいで両親にそんな顔をさせているのかと思うと、ヴィンスは辛くて堪らなかった。

「そ、んな……」

「当時九歳とはいえ、王族教育を受けていた身だ。新月の時に人間の姿になることを国民に隠しているように、おそらく両親は、俺の狼の姿を他の者に隠したかったんだろうと分かっていた。……民に不安を与えないことは、国を統べる者にとって大切なことだ」

「けれど、何も三ヶ月もの間、閉じ込めなくても……！　当時の両陛下は、既に初代国王陛下の手記の内容をご存じだったのでは……？」

ドロテアの問いかけに、ヴィンスはその通りだと答えた。

「確かに、初代国王の手記には狼化の条件は書いてあった。しかし、それと俺の狼化の条件が全く同じだとは限らないと考えた両親は、俺を三ヶ月軟禁したそうだ」

現にヴィンスは三ヶ月の間、満月の夜、更に悲しみの感情が膨れ上がった瞬間に、狼化した。アガーシャとデズモンドもそれは確認していたので、ヴィンスの軟禁は解かれたのだ。

「その後、手記の内容が正しいことが証明されると、両親は俺に、普段からあまり感情を昂らせないよう意識しなさいと告げた。念の為の対策だったのだろう。それは理解できた。……いや、両親はこの国の王と王妃として、俺が狼化することを隠そうとしたこと自体も、理解できたんだ。突然軟禁されて猛烈に悲しくなったこともあったが、それも仕方がないことだったと思っている」

「…………」

ヴィンスは、目に悲しみの色を浮かべる。

そして、今にも消えそうな声で、こう言った。

「……ただ狼化に対して困惑していた当時の俺は、両親にもう少しだけ、寄り添ってほしかった。一言、大丈夫だと、息子としての俺に、声を掛けてほしかった。愛されていると、思いたかったんだ……」

「ヴィンス様……」

「……そのことがずっと胸につかえていた俺は、少しずつ両親を避けるようになった。両親も段々と話しかけてこなくなり、今の関係に至る。……と、経緯はこんなところだ」

ヴィンスは話を終えると、ドロテアを見やる。

彼女の、まるで泣きそうな表情を目にし、ヴィンスは胸が痛んだ。

「……そんな顔をさせてすまない。だが、ドロテアが悲しむ必要はない。……両親は別に何も間違ってはいないし、ただ俺が息子として、両親に過剰な希望を抱いただけの話だ。……今回の滞在の理由も、手紙には仕事の話があるためと書かれていた。両親は俺のことを息子としてではなく、王位を継承した者としてしか見ていないんだろう」

事の経緯をこれまでドロテアに話さなかったのも、ヴィンスが自身の感情に恥ずかしさを覚えていたからだ。

両親に息子として接してくれることを期待し、更にそれが叶わなかったからといって避けるなど、国を背負う者の器ではないと分かっていたから。

「ヴィンス様の感情は、なんらおかしくありません」

だというのに、ドロテアは力強くそう口にした。

下唇をキュッと噛み締めることで涙を堪え、ヴィンスの手を力強く握り締めながら。

「子が親に対して、寄り添ってほしいと、大丈夫だと声を掛けてほしいと望むことの、何がいけないんですか……っ、親に対して希望を抱いて、何が悪いんですか……！　王族だって、親に愛を求める権利はあります……！」

「ドロテア……」

ドロテアの言葉に、心が救われていく。

彼女だけは、どんな時でも味方でいてくれる。

それがどれだけ支えになっているか、ヴィンスでも計り知れない。

「お辛いことなのに、話してくださってありがとうございます、ヴィンス様……」

「…………ああ」

ドロテアは一旦立ち上がると、ヴィンスの正面に移動し、彼を抱き締める。

ヴィンスはその小さな体を、縋《すが》るようにして抱き締め返した。

第四十一話　見つめたのは白い天使でした

それからしばらくして、どちらからともなく腕を離した。

帰ろうと言ったのはヴィンスだったか。それとも、ドロテアだったか。

ヴィンスの昔の話で頭がいっぱいだったドロテアは、覚えていない。

「ドロテア、手を」

「あ、はい」

話してスッキリしたのか、ヴィンスの瞳からはやや影が消えたように見える。

休憩の効果か、呼吸も整ったヴィンスはドロテアの手を握り、ずんずんと森の出口の方に歩き始めた。

因みに、雪崩から逃げるために走った方向は偶然出口に近かったので、わざわざヴィンスが木の頂点に跳んで辺りを確認する必要もなかった。

（それにしても、ヴィンス様のお話には驚いたわ……）

ヴィンスの言うように、狼化の条件が手記と同じだと確信を得るまでは、軟禁という選択肢を取ることは理解できる。

もちろん、当時のヴィンスは辛かっただろうけれど……。

しかし、アガーシャとデズモンドがヴィンスに対して寄り添わなかったことに関しては、疑問を抱かざるを得なかった。

(両陛下《あのおふたり》が何の理由もなく、ヴィンス様に寄り添わないような方たちには思えないのよね……)

アガーシャたちと会話をしたり、観察したりして分かったことはごく僅かだというのに、ドロテアはそう思えてならなかった。

(……私に、何かできることはないかしら)

ヴィンスのために、彼を幸せにするためにできることは何なのか。

ドロテアが俯《うつむ》きながら必死に頭を働かせていると、白い地面が僅かに赤くなっているのを目にした。

しかもその赤色は、ドロテアたちの進行方向に向かって続いている。

「これは……血?」

「どうした、ドロテア」

「ヴィンス様、それが……」

雪に付着している血痕らしきものをヴィンスに説明しようとしたところ、自分たちの数メートル前に倒れている動物を見つけたドロテアは、急いで駆け寄った。

しゃがみこみ、その動物をジッと見つめる。

「この子、もしかして白いプシュ……!?　ととと、とんでもなく可愛いわ……！　って、足を怪我しているじゃない……っ」

「キュウ……」

体長は約二十センチ。全身を白い体毛に覆われた、細長いフォルム。控えめな耳に、先端だけ黒い、ふわふわな細い尻尾。真っ黒で愛らしい瞳。

更に、この「キュウ」という鳴き声は、間違いなくプシュのものだ。

「プシュ？　プシュとは褐色ではないのか？」

追いかけてきたヴィンスに、ドロテアはコクリと頷く。

「はい。通常は褐色をしているのですが、『レビオル』に生息しているプシュは、雪に馴染《なじ》むように体毛が白くなるのです。白いプシュに出会えるのは奇跡だと言われているほどで、実は見てみたかったのです……！　まさか、こんな形で見つけることになるとは思いませんでしたが……」

「キュウ……キュウ……」

プシュは弱々しい声で鳴き、恐怖に染まった目でこちらを見ている。

プシュは本来、警戒心も気も強い動物だ。

人間や他の動物を見つけると、これでもかと威嚇《いかく》をしてくると図鑑には書いてあったが、現時点ではその様子はない。

威嚇する元気もないほどに、足の怪我が痛いのだろうか。

「可哀想《かわいそう》に……。他の動物に襲われたのでしょうか」

「自然界ではままあることだな。弱肉強食の世界だ」

「……そう、ですね」

困っている人がいたら助けてあげたい。何か力になってあげたい。ドロテアはそんな思いが強い人間だった。

しかし、相手は自然に暮らす動物だ。弱い動物が淘汰《とうた》されるのは自然の摂理であって、簡単に手を出していいものではない。

（けれど……）

「キュウ……キュウ……ッ」

「ヴィンス様、この子を一時的に保護してはいけませんか……？　プシュは人間に害を及ぼすような菌を持ってはいませんし、元気になったらすぐにこの森に返しますから……！」

ドロテアが意を決して懇願すると、ヴィンスは微笑を浮かべた。

「……分かった。ドロテアは弱ったものを放っておけるような性格ではないしな。それに、プシュはかなり希少な動物だ。両親も許可するだろう」

「ありがとうございます、ヴィンス様……！」

「……だが、いくらそいつが可愛かろうと、懐いてこようと、あまり触り過ぎるなよ。……ドロテアには、俺の耳と尻尾があるだろう」

少し頬を赤らめて話すヴィンスは、どうやらやきもちを焼いているらしい。贈った耳付き帽子を被っていることもあって、可愛らしさは二倍……いや十……百倍だ。

「ふふ。心得ました。けれど、あまり触り過ぎるな……ということは、多少ならば構わないということですか？」

「…………ほう。そんなふうに揚げ足をとるようなら、王城に戻ってからみていろ。これでもかと可愛がってやる」

ヴィンスのキリリとした金色の目と、ずしりと響くような低い声は、本気の現れだった。

「じ、冗談……！　冗談ですよ……！　さ、まずはプシュを抱いてあげなくては……！」

無理やり話を変えたドロテアは、乱れた呼吸を整える。

そして、しゃがみこんだ姿勢のまま、プシュの目の前に両手を差し出した。

「私は敵じゃないからね。大丈夫、大丈夫だよ。屋敷に戻って、怪我を診てもらおうね」

「…………。キュウッ!!」

プシュは一瞬目を吊り上げると、大きな鳴き声をあげた。

そして次の瞬間、ドロテアの左手の中指をガブッと噛んだのだった。

「……っ」

「ドロテア……！　大丈夫か……！」

「は、はい。一瞬でしたから、血も出ていませんよ」

おそらく足の怪我で力が入らなかったのだろう。ちょっと強めの甘噛み程度だった。

プシュをギロリと睨《ね》めつけるヴィンスを、ドロテアは落ち着かせる。

それからドロテアは、もう一度プシュに両手を差し出した。

ヴィンスに睨まれて怯《おび》えているのか、それとも噛まれたというのに再び手を伸ばすドロテアに呆《あき》れているのか、プシュは「キュ……？　キュ……？」と困惑の声を出している。

「……大丈夫、大丈夫だよ。絶対に傷付けたりしないからね」

そんな中、ドロテアは先程よりもゆったりとした口調で、微笑みながら言葉にする。

「キュウ……」

プシュに言葉が通じるわけはない。

しかし、ドロテアに敵意がないことは通じたのか、プシュはもう、ドロテアを噛むことはなかった。

「ヴィンス様、見てください！　プシュが……！」

「……ああ」

怪我をした足を庇《かば》うようにして、ずりずりと体を這わせながら、プシュはドロテアの両手のひらの上に乗る。

ドロテアはゆっくりと手のひらを自身の顔に近付け、至近距離で白いプシュを見つめた。

（プ、プシュが私の手の上に～！　可愛すぎるわ……！）

雪の上にいたために表面はひんやりしているのに、その奥にある温かな体温。

綿毛のような細くて柔らかい白い毛。ツンツンとした手足の爪。

ピクピクと動く耳にゆらゆら揺れる白と黒の尻尾。

つい指で撫でたくなるひげに、愛らしいぱっちりおめめ……。

「本当にかわいいでちゅね……！　早くお屋敷に戻って、手当てしまちょーね……！」

「キュウ！」

「ひゃぁ！　今お返事ちてくれたの!?　お返事ちてくれたのよねプシュちゃん！　ハァ……本当にかわいいでちゅねぇ……」

「……ドロテア、少し落ち着け」

「……ハッ！　失礼しました」

その後、ヴィンスの声かけにより冷静さを取り戻したドロテアは、ヴィンスと共に馬で屋敷に戻った。

その際、プシュは自らドロテアのポンチョに入り、胸元から顔だけをひょっこり出した。

暖を取りたかったためかもしれないが、プシュが警戒心を解いて甘えてくれたこと、またそのポジショニングの可愛さに、ドロテアは「可愛い可愛い可愛い……!!」と連呼するほかなかった。

ヴィンスが面白くないといった顔をしていることには、ドロテアは気付かなかったけれど。

森から前国王夫妻の屋敷に戻ると、驚いたことに、またもやヴィンスの両親が出迎えてくれた。

屋敷の外で警備している一人の騎士が、近くの山で雪崩が起きていることに気付き、アガーシャたちの耳にも届いたらしい。

二人はすぐにヴィンスのもとに駆け寄り、怪我はないかと尋ねていた。

「問題ありません。それよりも、プシュについてお話ししたいのですが——」

それから早三十分。

アガーシャたちにプシュを保護する了承を得たドロテアは自室にいた。

そして、目の前の光景に、「ハァ〜〜〜」と息を吐いた。

「可愛い……。本当に可愛いわ……。プシュくん……！」

「本当に可愛いですね！　ドロテア様！」

床の一部には、屋敷の侍女に頼んで持ってきてもらった赤いラグ。これは、前までアガーシャの部屋にあったのだが、少し傷んできたために、廃棄予定になっていたものだ。

そんなラグの上にあるのは、これもまた屋敷の侍女に持ってきてもらった、縁に金色の細工が施された浅い皿。『レビオル』で作られる伝統のお皿で、値段もなかなかのもの。

皿の中にあるのは、市場に出回っているクヌキの蜜をお湯で薄めたものだ。できるだけ自然のクヌキの蜜に糖度や濃さを近付けるためである。

クヌキの蜜は、ナッツが厨房に行ってもらってきてくれた。

「キュウ……！　キュキュウッ！」

ラグの上に乗ったプシュは、皿に入った薄めたクヌキの蜜を一心不乱に舐めている。

プシュは基本的に雑食なのだが、その中でもクヌキの蜜が大好物なのだ。

因みに、怪我をしていたプシュの左の後ろ足は、屋敷に到着してすぐに治療済みだ。

「ふふ、沢山食べてね」

「キュウッ……！」

「あああ！　聞いたナッツ!?　今プシュくんが返事をしてくれたわ……!?　やっぱりこの子、話しかけられているのが分かるのかしら……!?」

「きっと、ドロテア様のことが大好きだからです！　あっ、ナッツもドロテア様が大好きですっ！」

「ナッツ……!!」

可愛いが溢れる空間に、ドロテアは幸せを噛み締める。

（ああ、可愛いが過ぎるわ……！）

プシュはクヌキの蜜でお腹がいっぱいになったから、ラグにころんと寝転がっている。

出会った頃からは信じられないほど、気の抜けた穏やかな表情だ。

足の痛みはあるのだろうが、お腹が満たされたことで、満足したのだろうか。

尻尾を小さくゆらゆらと揺らしている姿も、堪らなく可愛らしく癒やされる。

「それにしてもドロテア様、両陛下がプシュくんを受け入れてくださって良かったですね！」

「ええ、本当に」

「けれど、騎士の方伝いに話を聞いた時は驚きました……！　まさか雪崩に遭遇していたなんて……。お怪我がなくて、本当に良かったです。私……ドロテア様に何かあったら……」

こんなにも尻尾が垂れ下がったナッツを初めて見る。

屋敷に戻ってから、ナッツは常に明るく接してくれていたけれど、その実はかなり心配だったようだ。

「ごめんね、ナッツ。心配をかけてしまって……」

「ぷ、ぷっきゅん……。……とっても、とーっても心配でした。……でも」

ナッツは次の瞬間、満面の笑みを浮かべた。

「ドロテア様が無事に帰ってきてくださったので、嬉しさのほうが強いですっ！　うふふっ！」

「ナッツ〜！」

――ぶりんぶりんぶりんっ！

これ以上ないくらいに尻尾を振るナッツ。

なんと、プシュもナッツを真似《まね》ているのか、激しく尻尾を振り出した。ふりふりふり。

ドロテアは目をカッと見開いて、その光景を見逃さんと凝視する。

（ナッツは相変わらず可愛いし、プシュくんも警戒心を解いて可愛らしい姿を見せてくれる……。ありがとう、ありがとう）

尻尾を振り終えたプシュは、ゆっくりとドロテアに近付いてくる。

ドロテアは両手を差し出し、手のひらにプシュを乗せた。

「キュウキュウキュウ！」

「なぁに？　プシュくん」

ドロテアは椅子に腰掛け、必死に何かを訴えるプシュに問いかける。

すると、プシュは左の後ろ足を庇うようにして、ドロテアの膝の上に乗った。プシュは幸せそうに「キュウ！」と高い声を出し、ドロテアの太ももの上でベタッと横になった。

「甘えてくれているのかしら……？　可愛い……！　嬉しい……！」

「お腹がいっぱいになって眠たくなったのかもしれませんね！」

ナッツはクヌキの蜜が入っていた皿を片付け、慣れた手つきで紅茶を淹れ始めた。

一方でドロテアは、上目遣いでこちらを見るプシュの頭や背を優しく撫でる。

（だって、まるで撫でてって言っている目なんだもの……。もふもふ……ふわふわ……幸せ……）

ヴィンスにはあまりプシュを触りすぎるなと言われているが、これは不可抗力だ。致し方ない。

ドロテアは顔を綻ばせる。

すると、ノックの音が聞こえたので、そちらに視線を向けた。

「ドロテア、必要かと思ってゲージを借りてきたぞ」

「ヴィンス様、ありがとうございます……！　すっかり頭からゲージのことが抜けていました」

ヴィンスが持ってきてくれたのは、プシュが入るのに十分な大きさのゲージだ。

ドロテアはハッとして、プシュを撫でる手を止めた。

ナッツはすかさずヴィンスの紅茶の準備も始めた。

「プシュくん、ヴィンス様がゲージを持ってきてくださったわ。良かったね～」

「……結局『プシュくん』と呼んでいるのか？　そいつがオスだからか？」

「はい。他にも名前を考えたのですが、結局プシュくん以上の可愛い名前が思い付きませんでした」

ヴィンスはゲージをテーブルに置くと、ドロテアの視線の先を見つめた。プシュがこれでもかとドロテアに甘えている姿である。

「……ドロテア。早くプシュをゲージに入れてやれ。眠たいならばここで寝ればいいだろう」

ヴィンスはできるだけ冷静な声色で話す。

プシュが膝の上からいなくなってしまうのは少し寂しかったが、ドロテアは納得し、プシュに手を伸ばした。

「プシュくん、あっちのお部屋に入りましょう？」

「キュウッ!!」

プシュはプイッと顔を逸らし、ドロテアの膝の上からてこでも動こうとしない。どうやら、ゲージはお気に召さないらしい。

「……おい、プシュ」

ヴィンスは腰を曲げてプシュに顔を近付けた。眉や瞳に苛立《いらだ》ちが滲《にじ》んでいる。

「早くドロテアの上から退け。なんなら俺が丁寧にゲージまで運んでやろうか?」

「キュウキュウ!!　キュウキュウ!!」

プシュ、憤怒。絶対に離れんと、ドロテアにしがみついている。

ヴィンスは額にブチブチと青筋を立てた。

まさに、一触即発である。

「ま、まあまあ、ヴィンス様!　プシュくんはお腹がいっぱいで眠く、ここを動きたくないのだと思います……!」

慌てて間に入ったドロテアの言葉に、ヴィンスは小さく息を吐いた。

「……分かった。ドロテアがそう言うなら今は目を瞑る。プシュは希少動物なため、あまり手荒な真似もできないしな」

「ありがとうございます……!」

「キュキュウッ!」

ふふんっ!　と誇らしげなプシュの態度に、ヴィンスは再び額に青筋を浮かべたのだった。

第四十二話　静寂の晩餐会へようこそ

陽が完全に落ちてしばらくしてから、ドロテアはナッツとともに屋敷内の食堂に来ていた。

部屋の真ん中には、二十人くらいが座れそうな長方形のテーブル。

その両端に、既にデズモンドとアガーシャは腰を下ろしていた。二人とも、日中よりも格式の高い装いに着替えている。

（わあ……。アガーシャ様、美しい……）

豊かな胸の周りに、希少なダイヤモンドの装飾が施された、コバルトブルーのドレス。色気がムンムンなアガーシャによく似合っている。

デズモンドの黒い装いも、アガーシャに負けじと素敵だ。

コバルトブルーの宝石を主役としたブローチは、アガーシャのドレスの色と敢《あ》えて合わせたのだろうか。

二人はとても仲が良いのだろう。

「…………よく来た」

「ドロテアさん、いらっしゃい」

「両陛下、本日は晩餐会《ばんさんかい》にお招きいただき、ありがとうございます」

ドロテアは鎖骨がちらりと見えるエレガントな紫色のドレスを身に纏い、カーテシーを披露する。

ヴィンスがゲージを届けてくれた際に晩餐会のことを伝えてくれていたので、ドレスを着替えてきたのだ。

ナッツが髪の毛をアップスタイルに結い、化粧も再度施してくれたため、おそらく問題はないはず。

さすがに恥ずかしかったので、ヴィンスの瞳の色である金色のジュエリーは控えたのだけれど。

ドロテアが挨拶を終えると、次にヴィンスが入ってくる。デズモンドとよく似た、黒い装いだ。

事前に紫のドレスを着ると伝えてあったので、ヴィンスのブローチも紫色のアメジストが施されている。

ヴィンスは両親に対して軽く会釈するだけに留めたが、着飾ったドロテアの姿を見て、穏やかに微笑んだ。

「ドロテア、とても綺麗だ」

「あ、ありがとうございます。ヴィンス様もとても素敵です」

「……ふ、ありがとう。さあ、座ろうか」

ヴィンスに腰を抱かれ、ドロテアは用意されていた席に腰を下ろした。

大きなテーブルなのでヴィンスと席が離れるだろうかと思っていたが、アガーシャたちの指示か、給仕の気遣いか、彼とは隣の席だった。

因みに、晩餐会ということで、プシュは部屋で待機してもらっている。

別れる時に少し拗《す》ねていたが、今頃ゲージの中で用意したおもちゃと戯れている頃だろう。

給仕の支度が整うと、デズモンドがグラスを掲げた。

「いただこう。……乾杯」

「「乾杯」」

事前にドロテアは酒があまり強くないことを伝えてあったので、甘いジュースだ。

その他の三人はワインを飲んでいる。その様は、圧倒されるぐらいに優美だ。

「……今日は大変だったわね。雪崩に巻き込まれるなんて。……本当に、怪我はしていないの？」

ドロテアが沢山の野菜が入ったテリーヌを味わっていると、アガーシャがヴィンスに話しかけた。

「ええ。驚きましたが、被害はありませんでしたので問題ありません」

「……本当なのね？　ドロテアさんも、かすり傷一つないのね？」

アガーシャの視線がこちらを向いたので、ドロテアは咀嚼を終えて口を開いた。

「はい。ヴィンス様が守ってくださったので、大丈夫です。ご心配をおかけして、申し訳ありません。……それに、プシュのことも受け入れてくださいまして、改めてありがとうございます」

「構わないわ。ねぇ、貴方」

「……ああ。問題ない」

そこで会話は、ぷつりと途切れた。

（き、気まずい……！）

せっかくならば話を広げようとプシュの話題を出したが、何一つ盛り上がらなかった。

フォークやナイフの扱いに失敗して派手な音を出してしまうような人もおらず、食堂は静寂に包まれる。

気が付けば、もう既にメイン料理だ。

おそらくヴィンスもこの空間は気まずいのだろう。王城で食事をとる際は、こんなに速くない。

よほど早く食事の席を終えたいのだろうか。

（あれ？）

しかしそこで、ドロテアはふと気付いた。

（今日のメニュー、ヴィンス様が大好きなものばかり……）

野菜が沢山入ったテリーヌも、カリフラワーを使った濃厚なスープも、メイン料理も全部そうだ。

ヴィンスの食事を昔から作っていたシェフは、現在王城にいるので、これがシェフ個人のはからいである可能性は、限りなく低い。

（おそらく、両陛下がシェフに命じたのね……。ヴィンス様の好きなお料理を作るように、って）

息子の好きな料理を知っていて、それを食べさせてあげたい、喜ばせてあげたいと思う。それが愛情じゃないはずがない。

（それに、森から帰還した私たちを出迎えてくれた時の、両陛下のご様子も）

「怪我はないのか」と問いかけるアガーシャたちの上擦った声や表情から、相当ヴィンスの身を案じていたことが見て取れた。

さっきだってそうだ。心配していなかったら、愛情がなければ、怪我をしていないかと再度確認するはずがない。

親から愛されなかったドロテアだからこそ分かる。

（両陛下はヴィンス様のことを、息子として愛している）

今までのアガーシャやデズモンドの言動からしても、それは明らかだ。

（でも、私がヴィンス様に、きっと愛されていますよって伝えてもあまり意味がない。そんなことでは、ヴィンス様の心の傷は癒えないわ。……どうにかヴィンス様と両陛下の仲を深められたら……）

滞在は三日から四日。ヴィンスとデズモンドはかなり仕事で多忙なようなので、時間は限られているだろう。

（さて、どうしましょうか）

頭を巡らせていると、いつの間にか最後のデザートも完食し、晩餐会は終わりを迎えていた。

「ヴィンス、水路についての話を詰めたいから、私とともに部屋に来なさい」

「……分かりました。ドロテア、部屋まで送れずにすまない。今日は早く休めよ」

「ヴィンス様も、お仕事が終わり次第、お休みになってくださいね」

その会話を最後に、ヴィンスとデズモンドは食堂を出ていった。

「あの、陛下」

続いて食堂を出て行こうとするアガーシャを、ドロテアは咄嗟に引き止めた。

何をするにしても、まずは皆の予定を確認しなければならないからだ。

アガーシャならば、自分の予定はもちろんのこと、デズモンドの予定も知っているかもしれない。

ヴィンスの予定については、ドロテアがほぼ把握しているから問題なかった。

「少しお聞きしたいことがあるのですが、よろしいでしょうか？」

振り向いたアガーシャの美しさに見惚《みと》れそうになりながら、ドロテアは問いかけた。

こちらを見る視線は、鋭いものだ。

「何か聞きたいなら、明日になさい」

「え」

「それじゃあ、私は部屋で休むわ。おやすみなさい、ドロテアさん」

「お、おやすみなさいませ……」

……まさかの撃沈である。

去っていくアガーシャの色気のある背中を見ながら、ドロテアは頭を抱えた。

精神を立て直すために癒やしを求めたドロテアは、プシュを抱き締めながら眠りについたのだった。

早朝、ドロテアは眠りから目覚めた。

ふかふかの布団はとても寝心地が良くて、もう一度目を閉じてしまいたくなる。

しかし、自身の腕の中で、丸まって眠っているプシュの姿を見て、ドロテアははっきりと覚醒した。

「か、可愛い……！」

可愛いものを目の前にして、眠っている場合ではない。

ドロテアはプシュの腹まわりに顔を寄せ、スーハーと吸う。

昨日の夜、ナッツとともにプシュの体を洗ったため、獣臭は少なく、石鹸《せっけん》のいい香りがする。癒やされる……。

「もふもふ……。スーハー。……ふふふふふ、朝から幸せ……」

「キユ……？」

「あら、起こしちゃった？　ごめんねプシュくん」

「キユウッ！」

大丈夫！　と言っているのだろうか。プシュは緩んだ表情で、ドロテアに体を預けていた。

それから少しして、部屋にはナッツが訪れた。

手早く部屋を暖めてくれたナッツは、すぐさまドロテアの身支度を始める。

ナッツに髪の毛を結ってもらっている最中、窓の外を視界に収めたドロテアは、目を見開いた。

「昨日とは打って変わって、今日は吹雪《ふぶき》みたいね……」

そういえば、既にハリウェルは国境付近から戻ってきているだろうか。

ドロテアとしては、昨日の夜には戻ってきてもらうつもりだったのだが、帰還のタイミングについては明確な指示をしていなかった。更に、昨夜も彼の顔を見ていない。

真面目な彼のことだ。ドロテアから帰還の命が出るまで、国境付近に滞在している恐れも……なくはない。

「支度を終えたら、ハリウェル様が屋敷に戻ってきているか確認してくれる？　いないようなら屋敷に戻ってくるよう、使いを出してくれないかしら？　吹雪の中、申し訳ないけれど……」

「キュキュウ！」

ナッツに話しかけたのだが、ドロテアの膝の上でちょこんと座るプシュが答えてくれた。最高に可愛い。

それに、もうかなり足の傷が治ってきたようで、既に普通に歩いている。プシュの回復力は、驚異的だ。

「分かりましたっ！　お任せください！　でもドロテア様！　今日は一日中吹雪のようなので、森に行かないでくださいねっ！　絶対ですよ！　ナッツとの約束、です！」

「わ、分かっているわ。大丈夫よ、ナッツ。約束するわ！」

ドロテアが何度も首を縦に振ると、ナッツは安心の表情を見せる。

嬉しそうに耳をピクピクさせ、尻尾をぷりんっと揺らし、満面の笑みを浮かべるナッツの様子に、ドロテアの胸はキュンと音を立てた。

（ハァ……。可愛い……。ナッツやプシュくんを見ていると、どうしてこんなに癒やされるのかしら……。まさに癒やし製造機の二人……。いえ、一人と一匹……？）

ドロテアは無意識に手を動かし、膝の上にいるプシュの首周りを優しく触る。……もふもふ、もふもふ。

こんなところをヴィンスに見られたら、おしおきと称した甘い悪戯《いたずら》をされるのだろう。想像したら、とても恥ずかしい気持ちになる。けれど、嫌じゃないのだから困ったものだ。

「ドロテア様、できましたっ！　今日もとっっってもも可愛いです！　ぷっきゅーん！」

「キュウキュウ!!」

「ありがとうナッツ。それと、絶対に貴女たちのほうが可愛いわ……！」

ローズレッドのドレスは、可愛らしさと美しさの両方を兼ね備えている。

今日の髪形は、ゆるふわハーフアップだ。軽く巻いてから、立体的に編み込み、結ってもらった。

髪留めには、上品なボルドーのリボン。その真ん中には金色の宝石が使われている。

この程度ならば、ヴィンスの瞳の色を身に着けていても、彼の両親にバレないだろう。

ナッツ曰く、「陛下は目聡いのですぐに気付き、喜ばれると思いますよ！」とのことだった。

現に、ヴィンスと二人で朝食をとった際、彼はドロテアの髪飾りにすぐに気付いた。

蠱惑的な笑みを浮かべられた時は、羞恥心に侵されそうになったものだ。

（……さて、そろそろかしら）

朝食を終えてヴィンスと別れた後、ドロテアは自室に戻り、時間を見ていた。

現在、時刻は午前十時。この時間ならば、アガーシャも活動中だろう。

（ヴィンス様は今日もデズモンド様とお仕事をされると言っていたわ。だからまずは、アガーシャ様のもとにいかないと）

この屋敷を去るのは、早くて明日だ。とりあえずアガーシャに時間をいただけるよう頼まなくては。

（あ、そういえば予定では今日にでもディアナ様たちが『レビオル』に到着されるのよね。……でも、この吹雪だから、到着はかなり遅れるかしら。もしくは、今日は馬車を走らせないかもしれないわね）

ディアナにはラビンはもちろん、他の騎士やメイドたちも付いている。よほどのことがなければ問題ないだろう。

ドロテアはそう自分自身を納得させると、部屋の端に待機するナッツに声を掛けてから、アガーシャのもとに行こうかと思っていた、のだけれど。

「ドロテア様、今お時間よろしいでしょうか？　我が主である、アガーシャ様がお呼びです」

「……！」

ノックの直後、扉を少し開いてそう告げたのは、アガーシャの侍女だった。

主であるアガーシャの代わりに、ドロテアを呼びに来たようだ。

「もちろん、伺います」

ちょうどアガーシャと話をしたいと思っていたところなので、その申し出は願ったり叶ったりだ。

「では、お部屋までは私が案内させていただきます。もてなしについて全てこちらでしますので、ドロテア様付きのメイドの方は休んでくださって構いません。……と、アガーシャ様からの言伝です」

「分かりました。ナッツ、少しの間、自由にしていてね」

「かしこまりましたっ！」

ドロテアは次に、プシュに視線を向ける。

おやつにとあげたクヌキの蜜を口周りにたっぷりつけたプシュの可愛らしさに、つい頬が緩む。

「プシュくん、少しだけこのお部屋で待っててね。それと、後でナッツにお口をちゃんと拭いてもらってね」

「キュ……？　キュキュキュキュウ!!」

　すると、プシュは慌てた様子でドロテアに近付いてきた。とは言っても、足の怪我は全快ではないので、歩行程度の速さだ。

　ピタッと足元にしがみついてくるプシュを、ドロテアは拾い上げるように両手の上に乗せた。

「どうしたのプシュくん？　まだクヌキの蜜が残ってるわよ……？」

「キュウ……！　キュキュウ……！」

「……！　もしかして、私が部屋から出ていくのが寂しいの……？」

「キュウ！」

　そうだよ！　と言わんばかりに力強く鳴くプシュ。

　昨夜、晩餐会のために部屋に置いていかれたのが、相当寂しかったのかもしれない。

　指に尻尾を巻き付けながら、目をうるうるさせて見つめてくるプシュに再び我慢を強いられるほど、ドロテアの可愛いもの好きは伊達《だて》ではなかった。

「……あの、この子をともに連れて行っても、構いませんか？」

「アガーシャ様から、プシュ様の同行は問題ないと聞き及んでおります」

「そうでしたか。……やったね、プシュくん！」

「キュウキュウキュウ!!」

　それからドロテアはプシュの口周りを拭いてから、ナッツと別れを済ませた。

　肩にちょこんと乗っかるプシュと、先導してくれる侍女とともに、アガーシャのもとに向かったのだった。


「いらっしゃい、ドロテアさん。突然呼び出して申し訳なかったわね」

そして、目的の部屋に入った瞬間、ドロテアは目の前の光景に目を見開いた。

(……なっ、何これ!?)

第四十三話 ✦ アガーシャからの質問

侍女に通されたのは、屋敷の南側に位置する部屋だった。太陽が出ている日ならば、この寒い『レビオル』でも、比較的暖かくなりやすい部屋と言えるだろう。

先に席に着いているアガーシャは、今日も今日とて美しく、色気もダダ漏れで……って、それはさておき。

「陛下、この度はお招きいただきありがとうございます。あの、この部屋に飾られている、沢山のお花は一体……」

カーテシーを終えたドロテアは、部屋中を見渡す。

花瓶に挿された黄色やピンク色の花、植木から生えた淡い紫の花やオレンジの花。

とても美しく、その数は膨大だ。更に、その花々の全てが、大変珍しいものだ。

どれもレザナードでは生産されておらず、隣国から取り寄せなければならない。

しかも、テーブルの上にある、水色の薔薇《ばら》。

あれを取り扱っている国は少なく、輸入もそう簡単ではないはず。萎《しお》れた様子がないことからも、丁寧に保管され、今日この場所にあるのは間違いなかった。

「事前の調べでは、貴女、可愛らしいものが好きなのでしょう？」

「！　私のために、希少で美しい花々を用意してくださったのですか？」

「…………別に、大した労力ではなかったわ」

僅かに頬を染め、目を逸らしてぽつりと呟いたアガーシャの様子に、ドロテアの胸はぐわんっと揺れ動いた。

（ヴィンス様のお母様って、お優しいのはもちろん、実はとても可愛いお方なのでは……!?）

これら花々を準備するのは、どう考えても昨日今日では無理だ。数週間はかかるだろう。

つまり、かなり前から準備してくれていたことになる。全ては、ドロテアを喜ばせるために。

（〜〜っ！　このお方は、絶対に冷たいお方なんかじゃないわ。誰かを喜ばせるために手間を惜しまない……なんてお優しいお方。あと、行動とは裏腹にそっけないお言葉や表情が可愛らしい……！）

ドロテアは深々と頭を下げて、何度もお礼を伝えた。こうやって話をする時間を設けてもらうだけでもありがたいのに、こんなふうにもてなされたら、胸が温かくなる。

もしかしたら、昨夜ドロテアが話がしたいと言ったのを断ったのは、花を飾る準備があったからなのか。

もしくは、昨日は森に行って雪崩から逃げたりと疲れているだろうからという、配慮だったのか。

「お礼は良いわ。早く座りなさい」

「は、はい！　失礼いたします」

そのどちらも、自分の都合のいいように考えすぎかもしれない。けれど、きっとそんな気がする。

なんとなくアガーシャは話してくれない気がするけれど。

ドロテアはアガーシャの向かいの席に腰を下ろす。

プシュは当たり前かのようにドロテアの膝の上だ。色取り取りの花々を見るのが楽しいのか、キョロキョロしている。

侍女が手早く淹れてくれたお茶をアガーシャが飲んだのを確認し、ドロテアも味わう。今日のフレーバーもとても美味しい。

侍女が一礼してから部屋を出ていくと、アガーシャが見計らったように口を開いた。

「ドロテアさん、何か話があるのよね？」

「……はい、その通りです。本日はお時間をいただき、ありがとうございます」

「良いのよ。私も話したいことがあったから」

「陛下が私に、ですか……？」

まさか、アガーシャも話があるとは思わなかった。

「先に私から良いかしら？」と問いかけてくるアガーシャに、ドロテアはもちろんですと答えた。

「昨日、ヴィンスに遮られて貴女の意見が聞けなかったら、もう一度質問するわね。……王妃というのは、国を背負う覚悟を持たなければいけないわ。ドロテアさん、貴女は本当に大丈夫かしら?」

先程までの可愛いもの好きの心を擽《くすぐ》るような表情ではない。王族として、前王妃としての真剣な眼差しに、ドロテアは一瞬息を呑んだ。

「……っ」

幾多の困難を越えてきたのだろうアガーシャに、その場限りの言葉なんて通じない。

何より、人として、ヴィンスの婚約者として、取り繕うためだけの言葉を口にしたくない。

そんなことを思ったドロテアは、緊張で震えそうになる声を必死に落ち着かせて、アガーシャの金色の瞳を見つめ返した。

「ヴィンス様とともに国を背負う……。私なりに、その覚悟はできているつもりです」

「……そう」

「けれど、昨日ヴィンス様が仰ったように、実際に王妃という立場になったら、その重圧に押し潰されてしまいそうになることもあるかもしれません」

「………」

国内のこと、国外のこと、考えることは沢山ある。

跡継ぎの話だって、きっと近いうちに出てくるだろう。

王族との結婚は、王妃になるというのは、ドロテアが今想像しているよりも、過酷な道なのかもしれない。

国を、民の生活を背負うというのは、きっと恐怖との戦いでもあるのだろう。

「……けれど私は、ヴィンス様と一緒ならどんな困難でも乗り越えられる気がするのです」

「……！」

ヴィンスのことを思い浮かべたら、不思議と未来に恐怖はなかった。

「ヴィンス様は、聡明で、思慮深くて、仲間思いで……少しだけ嫉妬深いけれど、誰よりも優しいお方です。そんなヴィンス様が作るこの国を、あの方の隣でお支えしたい」

「………………」

「政が綺麗事だけでは成り立たないことは分かっています。よりよい国にするためヴィンス様と意見が対立することもあるかもしれません。……でも」

頭を過《よぎ》るのは、「ドロテア」と優しく呼ぶヴィンスの声。彼の大きな手に、少し高い体温。そして、愛おしそうに零《こぼ》す彼の笑顔だった。

「何があっても心だけはヴィンス様の味方でありたいと、そう思っています」

覚悟はあるのかと聞かれただけなのに、余計なことまで話してしまった。ヴィンスのことを思い浮かべたら、言葉が止まらなかったのだ。

（呆れられてしまっているかしら……）

アガーシャの表情は、大きく変わらない。

けれど、少しだけ……ほんの少しだけ。

「……ドロテアさんの思いは伝わったわ。……ヴィンスは貴女のような人と出会えて、幸せね」

目にうっすらと涙を浮かべながら、幸せを噛み締めるように笑っているように見えた。

第四十四話　ドロテア、本格始動です！

（ああ、やっぱり……）

アガーシャの表情と、彼女の瞳に安堵が含まれているのを見て、ドロテアは確信した。

昨日、アガーシャの質問を聞いた時、前王妃としてドロテアを見定めようとしているのかとも思った。

けれど、それは違ったようだ。

（おそらく、母として、ヴィンス様の妻になる私がどのような人間なのか、考えを持っているか、知りたかったのね）

——ヴィンス様のことを、息子として深く愛しているから。

「私の質問は終わり。次は貴女の番よ、ドロテアさん」

アガーシャがそう話しかけてくる。

笑みを解いているが、表情は少し柔らかい。そんなアガーシャを目にし、ドロテアは一瞬息を呑んだ。

（本当は、予定を聞くだけのつもりだったのだけれど）

そして、ヴィンスと両親の予定が合う時間に上手く引き合わせ、少しずつ仲を深めてもらえるよう様々な作戦を立てるつもりだった。

（でも、そうじゃない……）

今ヴィンスとアガーシャたちに必要なのは、そんな遠回しなことではない。

（私が、できることは――……）

ドロテアは「キュウ？」と上目遣いでこちらを見てくるプシュの頭を優しく撫でてから、意を決して口を開いた。

「私はヴィンス様が人化されることも狼化される姿も、この目で見ました。もちろん、秘密事項であることは重々承知しております」

「………。ヴィンスは、貴女にそれらの話をどこまでしたの？」

「……おそらく全てかと。昨日、初めて狼化した時のこと――両陛下に三ヶ月程部屋に軟禁されていた話もお聞きしました」

アガーシャの唇がふるふると震えている。

その様子は、ドロテアがヴィンスの変化を知っていることについての動揺でも、憤怒でもなかった。

――罪悪感。そう、アガーシャの表情から窺えるのは、ヴィンスに対する罪悪感だ。

「ヴィンス様は、両陛下の判断には不満を持っていらっしゃいません。むしろ、国を統べる者として、民を不安にさせるかもしれない状況の者を軟禁したことは正しかったと、ヴィンス様は仰っていました」

「…………」

「しかし……」

ドロテアは切なげに眉を顰めてから、再び口を開いた。

「両陛下にもう少し寄り添ってほしかったと、一言大丈夫だと——息子としての自分に声を掛けてほしかったのだと……。愛されていると信じたかったのだと、そうも仰っていました」

「！　ヴィンスが……そう言っていたの……？」

「はい。……しかし、王族として生まれたヴィンス様は、お二人にそこまで望んではいけないと口には出せなかったようです」

「……っ、そう……だったのね……」

アガーシャは手で口元を覆い、悔いるように眉尻を下げている。

ヴィンスがそんなふうに思っていたなんて、夢にも思っていなかったのだろうか。

もしくは、ヴィンスの素っ気ない態度からして、嫌われていると思っていたのかもしれない。

「……けれど、私には両陛下がヴィンス様のことを愛してやまないように見えるのです。この屋敷に来た時に出迎えてくださったり、ヴィンス様と話が続かないと悲しそうだったり、雪崩の際に心配してくださったり、晩餐会の時だって……」

「……貴女、よく見ているのね」

「いえ、そんなことは……」

ドロテアは無意識に人を細かく観察してしまう。侍女時代に培った能力の一つであった。

ドロテアは力強い瞳で、アガーシャを見つめた。

「ヴィンス様は今もずっと心が傷付いておられます。おそらくその傷は、このままだと一生癒えることはないでしょう」

「………」

「ヴィンス様の婚約者として、無礼を承知でお願い申し上げます」

ドロテアは深く頭を下げ、息を吸った。

「どうか……ヴィンス様と向き合っていただけませんか」

ドロテアができるのは、ただきっかけを作ることだけだ。

「……ドロテアさん、頭を上げなさい」

「……はい」

ドロテアはゆっくりと顔を上げる。

ヴィンスのことが大好きだからこそ、アガーシャの反応を見るのは少し怖かったというのに。

「主人のことなら私に任せてちょうだい。主人は、息子と向き合うよりも仕事を優先するような人ではないから」

アガーシャがあまりにも穏やかな瞳でこちらを見つめるものだから、恐怖なんてどこかに飛んでいった。

「ドロテアさんは昼食の後に、ヴィンスをこの部屋に呼んできてほしいの。お願いできるかしら？」

「……っ、はい！」

ドロテアの笑顔に呼応するように、プシュが「キュウ！」と嬉しそうに鳴いたのだった。

（この部屋か）

昼食をとった後、ヴィンスはドロテアに指定された部屋の前まで来ていた。

デズモンドとの仕事に一旦切りがついた頃、ドロテアに話があるから昼食の後に来てほしいと言われていたのだ。

（ドロテアの話とは何だ？　まあ、入れば分かる話か）

午後からは自由だったため、ドロテアとともに過ごそうと思っていた。

それがこの部屋になっただけのことだからと、ヴィンスはあまり気にすることなく部屋に足を踏み入れた。

――至る所にある、花、花、花。

しかし、ヴィンスはそれよりも、ドロテア以外の姿に瞠目《どうもく》した。

「何故ここに、父上と母上が」

「キュウキュウキュウ！」

「プシュ……お前もか」

忘れるんじゃない！　と言わんばかりに鳴くプシュは、我が物顔でドロテアの肩の上に乗っている。

ドロテアはというと、わざわざ着替えたのか、普段王城で着ているお仕着せに身を包んで立っている。まさかこの屋敷にまで持ってきているとは思わなかった。

両親――デズモンドとアガーシャは既に椅子にかけており、どうやら全員ヴィンスを待っているらしかった。

「ヴィンス様、お越しいただきありがとうございます。こちらにお座りください」

ドロテアが、アガーシャたちの向かいの席の椅子を引く。

ヴィンスはそんなドロテアに近付くと、訝《いぶか》しげな声色で問いかけた。

「ドロテア、どういうことだ。ここに父上たちが来るとは聞いていないが」

「……先にお伝えせずに申し訳ありません。どうしても、この場に来ていただきたくて」

この状況が一体何なのか、ヴィンスはまだ読めない。

ただ、ドロテアの言葉から察するに、おそらく両親のことを言わなかったのは、ヴィンスと両親に蟠《わだかま》りがあることを知っているからだろう。

どうしてもヴィンスに、この部屋に来てほしかったみたいだ。

(ドロテアのことだ。何か事情があるのだろう)

ヴィンスは「構わん」とだけ言うと、両親の向かいの席に腰を下ろした。

ドロテアも腰を下ろすかと思ったら、彼女はテキパキとお茶の支度を始める。尚更意味が分からなかった。

「ドロテア、何か話があるから俺たちをここに呼んだんだろう?　お茶の支度は侍女を呼べばいいから、早く座れ」

「いえ。今の私はただの侍女でございます。精一杯おもてなしさせていただきたく存じます」

「……なに?　どういうことだ?」

ヴィンスから低い声が漏れる。

すると、次に口を開いたのはアガーシャだった。

「ヴィンス、私がドロテアさんに頼んだのよ。貴方をここに連れてきてちょうだいって」

「母上がですか?　父上もこの場にいるということは、お二人で俺に用があるのでしょうか」

ヴィンスは、ドロテアに向けていたものとは違う、冷たい視線をアガーシャとデズモンドに向ける。

アガーシャが緊張の面持ちで肩を小さく揺らすと、ドロテアが紅茶をテーブルに並べた。

「本日の紅茶は『テアリン』と言って、緊張感を和らげる効果がございます。両陛下、それにヴィンス様、是非一口味わってみてください。お好みでミルクもございます」

「……いただこう」

重たい口を開いたのはデズモンドだ。彼に続いて、ヴィンスとアガーシャも紅茶で喉を潤す。

体がホカホカし、張り詰めていた緊張の糸が緩んだ気がした。

「ヴィンス、ここに貴方を呼んだのは大切な話があるからなの」

ソーサーにティーカップを戻したアガーシャに合わせて、ヴィンスもティーカップを置いた。

「ドロテアさんから聞いたわ。私たちがヴィンスを軟禁した際、貴方が深く傷付いていたその理由」

「……！　ドロテア」

ヴィンスは、自身の斜め後方に控えるドロテアの方を振り返る。

ドロテアが何故その話を両親にしたのだろう。

訝しげな視線を向ければ、ドロテアは再び深々と頭を下げた。

「勝手に話したこと、心からお詫び申し上げます。申し訳ありません……。けれど」

ドロテアは顔を上げる。切なげに眉尻を下げた彼女の表情に、ヴィンスは目を奪われた。

「私を、信じていただけませんか」

「………」

「ヴィンス様……」

こんなふうに縋るように名前を呼ばれて、ドロテアの気持ちを無下にできるわけがない。

(我ながら、俺は本当にドロテアに弱い)

ヴィンスは「分かった」とだけ呟くと、再び両親たちの方を向き直った。

「今日私たちがヴィンスをここに呼んだのは……あの時の言い訳を、させてもらいたかったからなの」

「言い訳?」

デズモンドはコクリと頷いて、頭を下げた。

「聞きたくもないかもしれないが、聞いてくれ、ヴィンス」

「お願い、ヴィンス……」

自分に頭を下げる両親を見たのはいつぶりだろう。もしかすると、初めてかもしれない。

「………。分かりました」

あの時のことは、あまり思い出したくなかった。

けれど、両親が、何よりドロテアがこの状況を望むならば、とヴィンスはアガーシャの言葉に耳を傾けた。

「私たちがヴィンスを軟禁したのには、理由が三つあるわ」

そう、アガーシャが改めて話し始める。

彼女の声はいつもの淡々としたものではなく、少し震えていた。

「三つ……？　狼化が知られれば国民に不安を与えかねず、また他国に知られれば国の危機に陥る可能性になりかねないため、狼化の原因が確実に分かるまで俺を軟禁したのではないのですか？」

十五年以上ずっと、ヴィンスはそう思ってきた。だが、アガーシャ曰く、他にも理由があるらしい。

ヴィンスは自身でもあれこれと考えながら、アガーシャの返答を待った。

「そうね。一つ目の理由はヴィンスの言う通りよ」

「では、他に何が……。まさか、ディアナですか？」

「ええ、そうよ。狼化のことが周りに知られれば、ディアナを王にと担ぎ上げようとする者が現れる可能性があったの」

レザナードでは、女性でも爵位が持てるのと同様、王位を継ぐことも可能だった。

ヴィンスとディアナの歳の差、そしてヴィンスの有能さから、周りからディアナを次期王にという声は上がらなかったが、ヴィンスの狼化が明らかになっていたらどうだっただろう。

少なくとも、ヴィンスを王にするべきなのかという不安の声は上がっていたに違いない。

聖女の妹の尻拭いを仰せつかった、ただの侍女でございます
～謝罪先の獣人国で何故か冷酷黒狼陛下に見初められました!?～
3
櫻田りん
イラスト 氷堂れん
初回版限定
封入
購入者特典
特別書き下ろし。
ナッツ先生の獣人講座③
※『聖女の妹の尻拭いを仰せつかった、ただの侍女でご
～謝罪先の獣人国で何故か冷酷黒狼陛下に見初
た!?～ ③』をお読みになったあとにご覧くださ

ナッツ先生の獣人講座③

「ドロテア様！　またまた獣人講座を始めさせていただきます！　準備はよろしいですか……!?」

とある日の午後、自室で突然開催されたナッツによる……いや、ナッツ先生による獣人講座。

板書するためのボードが用意され、片手にペンを持つナッツの姿は毎度のことながらだ。

（厳密に言うと、今回ナッツは銀縁の眼鏡をかけていて、とってもインテリジェンスだわ……！　ああ、可愛い……！）

こちらを振り返るたびにふりふりと揺れる尻尾や、きゅるるんとした可愛い笑顔は、言わずもがな。

しかしドロテアには、そんなナッツよりも気にかかる存在がいた。

「ナッツ！　講座を始めるのでしたら、先に教材を配りませんと」

「あっ！　そうでしたね！　さすがルナ！」

そう、実は今日の講師はナッツだけでなく、ルナも担ってくれているのだ。ルナ曰く、ナッツの助手らしい。

ナッツとお揃いの銀縁の眼鏡をかけたルナもたまらなく可愛く、知的な雰囲気がより一層引き立てられている。

「さ、ドロテア様、教材をどうぞ。既にご存じのことも多いかと思いますが、私なりに獣人についてまとめてみました」

「えっ、これルナが作ったの？」

ルナに手渡された十センチにも及ぶ、分厚い教本。図鑑や辞書にも負けていないそれは、どうやらルナが徹夜で作ってくれたものだそうだ。

「ありがとう、ルナ！　とっても読みやすいし、興味深いことがたくさん書かれているわね。特にこ
獣人さんたちのお耳に対しての記述……！　お耳
温度に対して敏感なことは知っていたけれど、
か……」

「ぷっ、ぷっきゅーん！　ドロテア様、
私たちのお耳について学んでいただこう

「私たちは親として、兄妹で争ってほしくはなかった。……それに、争いの原因が自分であると、ヴィンスに思わせたくなかったの」

「……!」

「……貴方はとても優しい子。だから、自分の狼化が原因で争い事が起きたら、ヴィンスがそれを一生背負うことになると……そう、思って……」

アガーシャは声を詰まらせる。

必死に語るアガーシャの言葉を一言も聞き逃さぬよう、ヴィンスは集中した。

「三つ目の理由は、初代国王の手記に書かれていたとあることが原因よ」

「あの手記に？　……どういう」

ヴィンスは一瞬考える素振りを見せ、そしてハッと目を見開いた。

「もしかして、手記の最後が破られていたことに何か関係が？」

「……ええ。あれはね、私と主人で破ったの。貴方に見せたくなくて」

「…………。破られた箇所には、一体何が書かれていたのですか」

ちらりとドロテアを見れば、彼女に動揺の様子はなかった。この場を準備していることからして、おそらく今から語られることも知っているのだろう。

ヴィンスはドロテアから両親に視線を戻す。

少しばかり緊張した面持ちで彼らを見つめれば、アガーシャが話し始めた。

「あの手記の意図は、後世に残すためのもの。けれど、最後のページだけは……初代国王の悲痛な思いが綴《つづ》られていたの」

「……！」

「初代国王は、狼化のことを家族にだけは打ち明けていたらしいのだけれど、愛する家族にさえも疑心暗鬼になっていたようなの。家族に気持ち悪がられていないか、嫌われていないか、このまま傍にいてくれるのか。それに、もし家族が狼化のことを周りにバラしたら、自分は王ではいられなくなるのではないか。周りから、誰一人いなくなってしまうのではないか……。自分は――化け物なのか……。狼化することに対しての孤独感。それを家族が知っているからこその不安感。そこからくる負の感情が、これでもかと書かれていたわ」

両親が初めてその手記の最後のページを読んだ時、まだヴィンスは生まれていなかった。

まさか自分の子に狼化の現象が起こるとは思ってもいなかったようで、初代国王の悲痛の思いに関してはそれほど深く考えなかったらしい。

――けれど、息子のヴィンスは狼化した。

アガーシャとデズモンドにとって、初代国王の悲痛の思いは、他人事《ひとごと》ではなくなったのだ。

「あの手記の内容を思い出して、私たちは怖くなったの……。家族に対してでさえあんなに不安になるのに、もしも狼化することが周りに明らかになってしまったら？　そうしたら、ヴィンスはこの手記に書かれているよりも、もっと辛い思いをするんじゃないかって……っ」

アガーシャの肩が小さく震える。

デズモンドは、そんなアガーシャの肩を優しく叩いた。

「……だから、私たちはお前の狼化の現象を隠すためにはどうすれば良いのか、ということに尽力した。……いや、ヴィンスの気持ちを気遣う余裕がないくらいに、隠さなければと必死だった。……それが、お前を傷付けない一番の方法だと、信じて疑わなかったんだ」

「うっ……」

アガーシャは、もう限界だというように口元を手で押さえた。そんな彼女の目には、うっすらと光るものがある。

（母上の涙を見たのは、いつぶりだろう）

遠い記憶のこと過ぎて、もう覚えていない。

けれど、こんなにも申し訳なさそうに涙を流すアガーシャを見るのは、おそらく初めてだろう。

デズモンドがこんなにも必死に言葉を紡いでいる姿もだ。

「だが、私たちは違う形で、ヴィンスを傷付けてしまった」

「……父上」

「軟禁を解いてからもヴィンスが狼化しないかという不安に囚《とら》われていた私たちは、お前の私たちを見る目が変わったのだということになかなか気付かなかった。……気付いた頃には、私たちを見るお前の目は冷たくなっていた。話しかけても、会話は最低限になり、避けられるようになり……。

軟禁という事実にヴィンスが怒りを覚えていると思っていた私たちは、これ以上ヴィンスに嫌われないよう、距離を置いた方が良いのかと思っていたんだ」

それからアガーシャとデズモンドは、ヴィンスを気にかけつつも、必要以上には関わらないように過ごしていたようだ。

デズモンドが王位を生前退位し、ヴィンスが新たな王に即位した直後。

初代国王の手記を渡す際に最後のページを破っておいたのは、少しでもヴィンスに負の感情を覚えてほしくないためだったとデズモンドは語る。初代国王の感情にヴィンスがひっぱられてしまうことを、両親は恐れたのである。

「ごめん、なさい、ヴィンス……っ」

嗚咽《おえつ》を漏らしながら、アガーシャが謝罪を口にする。

(母上……)

弱々しいその姿に、ヴィンスは胸がギュッと締め付けられた。

「傷付けてしまって、本当にごめんなさい……っ」

「……っ」

アガーシャは、涙で顔をぐちゃぐちゃにしている。いつも冷静で、どこか冷たくも美しい、アガーシャがだ。

ヴィンスは驚きのあまり、上手く声が出せないでいる。

「私からも謝らせてくれ……。すまなかった、ヴィンス……」

眉尻をこれでもかと下げたデズモンドが深々と頭を下げるその様は、ヴィンスの記憶にある父とはかけ離れている。

頭が上手く働かないでいると、デズモンドはゆっくりと顔を上げる。そして、悲痛な表情で口を開いた。

「だが、一つだけ信じてほしい……。方法は間違ってしまったが、私もアガーシャも、お前を愛している。……親として、ヴィンスを心から愛しているんだ」

「…………」

アガーシャとデズモンドの話を聞いて、ヴィンスの中の二人の印象はガラリと変わった。

（……そうか、俺は……）

軟禁の理由は王族としての責務だけではなかったことも。

寄り添う余裕がないほどに自身を案じてくれていたのだということも……話を聞いてちゃんと分かった。

（息子として愛してもらっていたんだな――）

それなのに、胸のしこりは完全には取れない。両親に息子として愛されていたことは心から嬉しいのに。

「俺は……」

「分かった」「もう良い」そう言おうとしても、上手く喋ることができなかった。子どもだった頃の自分が、今の自分の手を引いてくる幻想が見える。本当にそれで良いのかと、涙ぐみながら問いかけてくるのだ。

「……っ」

「ヴィンス様」

ヴィンスが息を呑むと、背後から名前を呼ばれた。穏やかなドロテアの声だ。

ヴィンスは振り返り、こちらを真摯《しんし》な瞳で見つめるドロテアと視線を合わせた。

「差し出がましいようですが、よろしいでしょうか」

「……ああ」

ドロテアがこの場を設けたのは、両親の気持ちを知っていたからなのだろう。

と、すると、両親の気持ちを汲《く》んであげたらと言うのだろうか。それとも、良かったですねと顔を綻ばせるのだろうか。

——そう、ヴィンスは思っていたというのに。

「深く考えずとも、ヴィンス様が思ったことを正直に話されれば、それで良いのです」

「…………」

「両陛下はヴィンス様の気持ちをしっかりと受け止めてくださるはずです。……きっと、大丈夫です」

穏やかな笑みを浮かべたドロテアの言葉が、ストンと胸に落ちてくる。

（ああ、そうだな。俺はなんて愚かなんだ。……ドロテアは、こういう女だ）

ドロテアは自分の感情を押し付けてきたりなんてしない。

自分が家族と不仲だったこともあって、家族は仲良くあるべきだなんて理想を押し付けてきたりもしない。

感情の複雑さを理解しているから、謝罪をされたら許してあげたほうが良いなんてことも言わない。

それならば何故、この場を意図的に作り出したのか。

（俺が両親に寄り添ってほしいと望み、両親は俺を愛してくれていたことをドロテアは知ったから……。俺たちが向き合うきっかけを、くれたのか）

ヴィンスはコクリと頷くと、再び両親に向き直り、口を開いた。

「父上と母上の気持ちは、十分理解しました」

ヴィンスは俯き、膝の上に置いた両手の拳を力強く握り締める。

「けど、俺はきちんと話してほしかったです。お二人が俺のためを思って必死に狼化のことを隠そうとしたことは分かっていますが……それでも、まだ子どもだった俺には、二人の存在は貴方が思っているよりも大きかった……。あの悲しかった時間は、すぐには消えません」

「……ああ。お前の言う通りだ。……本当に、申し訳ないことをした」

「ごめんなさい……っ、ヴィンス……」

二人を責めたいわけではない。

ただ、子どもだった頃の自分の苦しみを分かってほしかった。あの頃の自分の気持ちを、きちんと両親に伝えたかった。

（そうしないと、俺は前には進めない）

ヴィンスは一度小さく息を吐いた。そして、ゆっくりと顔を上げる。

「でも、父上と母上が俺のことを心から案じていてくれたことは、本当に嬉しかった」

「「……！」」

「……これからは何かあったら……いえ、何もなくても、しっかりと向き合って、話しましょう。……俺はお二人に、話したいことが沢山あります」

自分でも、驚くくらいに自然と笑顔が溢れた。

胸のしこりはいつの間にか消えていて、とても気分が晴れやかだ。

「……っ、うっ、ぅあっ……ありが、とう、ヴィンス……っ」

「ヴィンス……ありがとう」

嬉しそうに涙を流すアガーシャに、涙を必死に堪えるデズモンド。

振り返れば、こちらを見てふんわりと微笑むドロテアの姿がある。

（……ドロテア）

そして、脳裏を過る「仕方ないなぁ」と呟く過去の自分の姿。もうその目に、涙はなかった。

（ありがとう）

ヴィンスと彼の両親の間にあった蟠りが解けてから、ドロテアは紅茶を淹れ直し、席についた。

ヴィンスから、侍女としてではなく婚約者として座るよう命じられたからだ。

（それにしても、良かったわ……。とはいえ）

ヴィンスがアガーシャたちの考えを知ってもなお、二人と距離を置きたいというなら、ドロテアはヴィンスの意思に従うつもりだった。

けれど結果として、ヴィンスたちはしっかりと向き合い、互いの思いを知ることができ、和解することができた。

「ヴィンス様、先程も言いましたが、勝手なことをしてしまって本当に申し訳ありません」

目の前に座るアガーシャは未だに涙を流している。そんな彼女に、デズモンドがそろそろ泣き止むよう声を掛ける中、ドロテアは隣に座るヴィンスに謝罪をした。

ヴィンスたちの話の途中で疲れてしまったのか、プシュはドロテアの肩ですやすやと眠ってしまっている。

「いや、謝らないでくれ。むしろ、この場を作ってくれてありがとう。……ドロテアには本当に、感謝している」

「しかし……私はヴィンス様に何の相談もなしに話を進めてしまいましたので……」

「それは仕方のないことだ。互いに本音をぶつけませんか、なんて言われていきなり呼び出されたら、俺は拒絶していたかもしれないからな」

「……そ、それはそうなのですが……申し訳──」

ヴィンスの優しさに痛み入るが、罪悪感が完全には消えなかった。

ドロテアが眉尻を下げて再び謝罪しようとすると、ヴィンスはニッと口角を上げて、彼女の言葉を遮った。

「そんな顔をしていると……」

ヴィンスは、膝の上に置かれたドロテアの手にそっと自身の手を伸ばす。

アガーシャたちからはテーブルで見えないのを良いことに指を絡められたドロテアは、感動から一転して羞恥心に包まれた。

「!?」

「謝罪をやめるなら離すが」

「……っ、やめますすぐにやめますもう絶対にしません」

「……ふっ、ならいい」

ドロテアがノンブレスで言い切ると、ヴィンスの手は約束通り離れていく。

（もう、ヴィンス様ったら……。私がこれ以上罪悪感を覚えなくて良いようにという行動とはいえ、ご両親の前でなんてことを）

ドロテアは熱くなった顔をパタパタと手で扇ぐ。

すると、ようやく泣き終えたアガーシャが目と鼻先が真っ赤になった状態で話しかけてきた。その表情さえ妖艶なのだから、美人って凄い。

「ドロテアさん、本当にありがとう。貴女がいなければ、ヴィンスと向き合えなかったと思うわ」

「いえ、私はただきっかけを作ったに過ぎません。……けれど、本当に良かったです」

アガーシャに続いて、デズモンドに「……私からも、心からの感謝を」と言われ、大したことをしたつもりはないドロテアは居た堪れなかった。

しかし、そんなドロテアの心情を知らず、アガーシャは淡々と話し始めた。

「これまで誰も娶《めと》らなかったヴィンスが突然求婚をしたという話を聞いてから、ドロテアさんにずっと会ってみたかったの。けれど、まさかここまで素敵な女性だとは思わなかったわ」

「えっ!?　……ハッ、大きな声を出して申し訳ありません……。そのように思っていただけて、大変恐縮でございます」

確か、屋敷に着いた直後、アガーシャに睨まれたはず。

今は好意的な視線を感じるが、まさか以前から会いたいと思っていたなんて……と、ドロテアは困惑せずにはいられない。

「……では何故、初めて対面した時、母上はドロテアのことを睨んだのですか？」

「……！　ヴィ、ヴィンス様……」

ドロテアでは聞けないと思ったのか、代わりにヴィンスが問いかける。

敢えて質問しなくても良かった気がするが、これもヴィンスが両親にしっかりと向き合えている証《あかし》なのだろうか。

そう思うと止めることもできず、ドロテアは何とも言えない気持ちでアガーシャの返答を待った。

「睨んだつもりはないわ」

「え」

ついドロテアは上擦った声が漏れてしまった。まさかアガーシャが否定するとは思わなかったからだ。

アガーシャは視線をドロテアたちから逸らし、ポッと顔を赤らめた。

「……私は、愛する息子が連れてきた女性を——将来自分の娘になるドロテアさんを、じっくり見ようとしただけだもの」

「は……？」

嘘だろうと言いたげな声を出すヴィンス。

一方ドロテアは驚くよりも、幼子のように言い訳をして、唇を尖らせるアガーシャの可憐さに悶絶した。

（かっ、かわ……っ、可愛いぃ……!!）

アガーシャの言動はもちろんのこと、耳がピクピクと小刻みに震えている姿も。恥ずかしいのか、隣のデズモンドをビシビシと叩くように揺れる細長い黒の尻尾も、とんでもなく可愛い。

（初めから好意を持っていてもらえただけでも嬉しいのに、こんなに可愛い姿を見てしまったら、手が伸びてしまいそうに……って、ダメよドロテア！　それは絶対ダメ！）

ついアガーシャの耳や尻尾に伸びてしまいそうになる自身の右手を、左手でパシンッと叩く。

ジーンと響くほどに痛かったが、致し方あるまい。ヴィンスの母親に無礼を働いてしまうよりましである。

ドロテアが自らを律していると、未だに納得いかないといった表情を浮かべたヴィンスが、アガーシャに次の質問を投げかけた。

「では、ドロテアの挨拶に対してろくな挨拶を返さず、さっさと屋敷に入ったのは何故なのですか？」

「この地は寒いでしょう？　外で長話をしたら風邪を引かせてしまうかもしれないと思ったのよ」

「……それにしては、母上と父上は俺たちの到着を屋敷の外で待っていたではないですか」

アガーシャは僅かに眉尻を下げて、デズモンドに目配せをする。

デズモンドがコクリと頷けば、アガーシャは意を決したように口を開いた。

「……それは別よ。私も主人も、一秒でも早く、ヴィンスにもドロテアさんにも会いたかったのだから」

「……つまり、俺たちに会うのを心待ちにしていた、と」

「だから！　さっきからずっとそう言っているでしょう!?」

いつもは冷静なアガーシャが、堪らず声を張り上げる。

頬が真っ赤になったその様に、全く威圧感はない。どころか、怒っているのに可愛い。

「……そう、ですか」

アガーシャの真っ直ぐな思いが恥ずかしいのか、ヴィンスはおもむろに窓の外に視線を向けた。

どうやら、今はアガーシャの顔を見られないらしい。

（ああ……！　ヴィンス様が照れていらっしゃるわ……！　可愛い……！）

更に、ヴィンスの尻尾はぶりんぶりんと激しく揺れている。

しかし、尻尾はいつもよりかなり下の位置だ。

おそらく、向かいの席のアガーシャたちに、喜びの動きを見せないように下げているのだろう。

（ふふ、ヴィンス様はご両親に対しては照れ屋なのね。照れたお顔がアガーシャ様にそっくり）

表情を崩してはいけないと思っても、可愛いが渋滞していて、つい頬が綻んでしまう。

膝の上にいるプシュも「キュ……キュ……」と寝言を言いながら気持ち良さそうに眠っていて、ドロテアの昂る感情はかなり限界に近い。

「この際だ。……誤解がないよう、しっかり私からも話しておこう」

だというのに、いつもは無口なデズモンドが突然饒舌《じょうぜつ》に語り始めた内容といえば――。

「アガーシャだが、お前たちに会えたことやヴィンスの成長に感動して、お前たちの見えないところで頻繁に泣いている。因みに私もだ」

「ちょっと貴方何を……!?　って、貴方もなの……!?」

どうやらデズモンドが嬉し涙を流していることは、アガーシャも知らなかったらしい。自身が泣いていることを暴露された恥ずかしさと、驚きで困惑を浮かべている。

（なるほど。応接間で挨拶をさせていただいた後にアガーシャ様が退席する際に見えた涙も、そういうことだったのね……！）

疑問が解けたことと、その答えがあまりに嬉しいことだった故に、ドロテアの感情はより一層昂る。

「それと、私たちが数日滞在するよう手紙で伝えたのは、少しでもお前たちと長く過ごしたかったからだ。仕事を理由にしたのは、その方が断られないと思ったからだ。仕事があるからとヴィンスを執務室に呼んだが、あれは半分建前だ。前国王としてヴィンスの成長を見たかった気持ちもあるが、基本的には父息子水入らずで過ごしたかった。アガーシャには狡《ずる》いと責められたが、アガーシャだってドロテアさんと二人で茶を飲んでいたのだから、おあいこだ。ドロテア嬢、良ければまた、私たちの知らないヴィンスの話などを聞かせてくれないか」

さもありなんと勇ましい顔で語るデズモンドだが、内容が表情と一致していない。

それと、デズモンドは惜しげもなく尻尾をぶるるんっと振っており、喜びを隠す気はないようだ。

「……!? 貴方だけ狡いわ！ ドロテアさん、是非私にも聞かせてちょうだい！ それと、この屋敷に到着した時に被っていた可愛らしいお耳のついた帽子はどこに売っているの？ ヴィンスや従者たちが皆揃って被っていたでしょう？ 私もあれが欲しいのだけれど」

「私もだ」

『珍しい帽子』と言われたことについて気を揉んでいたが、なんと二人とも欲しがってくれていたようだ。

ドロテアはパァッと溢れんばかりの笑みを浮かべた。

「実はあの帽子、私が考案したものでして……！ 両陛下の分も準備してまいりましたので、後でお届けしますね……！」

「あら、ありがとう、ドロテアさん」

「ありがとう。恩に着る」

その瞬間、アガーシャとデズモンドの興奮で揺れる尻尾がポンッと、ハイタッチをするかのように触れ合った。

（何それ可愛い……。もふもふのタッチ……。素晴らしいわ……！）

もう興奮が抑えられそうにない。ドロテアが溶けてしまいそうなほどの緩い笑みを浮かべると、ヴィンスが小さく笑い始めた。

「ヴィンス、どうした」

デズモンドが問いかければ、ヴィンスは笑いながらアガーシャ、デズモンド、ドロテアの順に視線を向けていく。

「……ははっ、いえ、こんなに色々な感情を露わにした母上と饒舌に語る父上を初めて見たのと、ドロテアがあまりに幸せそうに微笑んでいるので、つい笑ってしまっただけです」

ヴィンスのその穏やかな笑みに、アガーシャとデズモンドも声を出して笑い始める。

「ふふ」

「……ふっ」

その光景は、これ以上ないくらいに――。

「…………す」

大好きな人と、大好きな人の両親が笑っている。

その姿をこんなに近くで見ることができて、いや、一緒に笑い合うことができるなんて……。

「……幸せ、です」

噛みしめるようにそう呟いたドロテアの言葉に、ヴィンスたちはコクリと頷く。

――ああ、こんな幸せな時間がもっともっと続けばいいのに。

そう、皆が望んでいたというのに。

「……うっ」

「アガーシャ？　どうし――」

「母上……!?」

「陛下……！」

突然アガーシャが頭を押さえながら苦しみ始めるなんて、誰が予想できただろう。

第四十五話 ✦ アガーシャの異変

現在、アガーシャは頭の下に枕を挟み、大きなベッドに横になっていた。

先程の部屋と寝室がかなり近接した位置にあったため、デズモンドが横抱きをして運んできたのだ。

既に部屋の外に待機している騎士に、屋敷に常駐している医師を呼ぶよう連絡してある。

医療の心得のないドロテアたちは、今か今かと医師の到着を待っていた。

「……っ、あた、まが、いたい……」

「アガーシャ！　大丈夫か……！」

アガーシャの表情は苦痛に歪み、奥歯を噛み締めて痛みに耐えている。

デズモンドは床に膝をつけ、アガーシャの手をギュッと握り締めた。

ドロテアとヴィンスもアガーシャの傍に寄っており、騒ぎを聞きつけてこの部屋に集まったアガーシャの侍女二人も同様だ。

全員が心配そうな表情で、アガーシャを見つめている。

眠っていたプシュも、周りの仰々しい雰囲気に目を覚まし、ドロテアの肩の上にちょこんと乗っている。

ドロテアはプシュを安心させるため、顔周りを撫でながらポツリと呟いた。

「一体何が……」

「俺にも分からない。父上曰く、母上には持病はないようなんだが……」

つい先刻、アガーシャは頭を押さえて苦しみ始めた。

一般的な頭痛とは思えないほどアガーシャの顔が歪んでいたため、一同はただごとではないとすぐさま理解したが、未だ原因は分からなかった。

「母上は普段から、このように頭痛で苦しんでいるのか」

デズモンドがアガーシャを心配して取り乱しているため、ヴィンスが母の侍女の一人にそう尋ねた。

ハムスターの獣人であるサリーは、一瞬考える素振りを見せてから口を開いた。

「陛下はこれまで、風邪や寝不足などの状況以外で、頭痛を訴えたことはございませんでした……！　しかし、ここ二週間ほど、時折頭痛が起こると仰り、お医者様に頭痛に効くお薬を処方していただいておられました。本日も既に服用済みです。お医者様からは、副作用が強く出るような薬ではないと伺っております」

サリーの話からすると、アガーシャの頭痛は体調不良によるものなのだろうか。

薬が効かず、頭痛の症状が悪化した……と考えるのが、妥当なのかもしれないのだけれど……。

(本当に?)

アガーシャをよく見ると、体が小刻みに震えている。

寒いのかと思ったが、この部屋は暖炉のおかげで暖かいため、気温のせいとは考えづらかった。

ドロテアはアガーシャに断りを入れてから、彼女の額や首筋を触る。

熱はない。高熱からくる頭痛や悪寒の震えの可能性は低いみたいだ。

「きも、ち、わるい……っ、吐きそう……」

「……っ、アガーシャ、背中を擦《さす》るから、体を横にするぞ」

吐き気を訴えるアガーシャの体を、デズモンドが優しく横に向ける。

もしも嘔吐した際に仰向けの状態だと窒息のおそれがあるため、正しい判断だろう。

アガーシャの顔は化粧の上からでも分かるくらいに真っ青で、症状の重さが伝わってくる。

(一体、アガーシャ様の体に何が起きているの……?　頭痛に体の震え、そして吐き気。熱はなく、持病や頭痛持ちでもない……とすると)

ドロテアは一つ考えが浮かんだが、すぐには口にできなかった。

医者でもない自分がこれを口にしてもいいものか、余計な不安や、疑心暗鬼を生んでしまうだけではないのかと考えたからだ。

発言するべきか迷っていると、年配の女性医師がようやく来てくれた。彼女の名前はシャーリィー。鹿の獣人で、大きな丸縁のメガネがとてもよく似合っている。

「早く妻を診てくれ……！」

「承知いたしました。診察のため、一旦皆様はお部屋の外で待機してください」

アガーシャが心配で堪らないのだろう。部屋から出るのを躊躇《ためら》うデズモンドにヴィンスが声をかけ、一同は部屋の外で待機をした。

約十五分後。

一同が寝室に戻ると、アガーシャは未だに悶絶の表情で横たわっていた。

そして、診察を終えたシャーリィーに告げられたのは、ドロテアが予想していたものと同じだった。

「おそらくアガーシャ様の症状は、毒によるものかと……」

「「「……！」」」

皆が目を見開き、驚いている中、ドロテアだけは冷静だった。

（やはり……）

様々なことに興味を抱くドロテアは、以前毒に関する本も読んだことがあった。

毒の種類、症状、身近なもので解毒薬になる薬草はなんなのか、どのように扱えばいいのか、などが書かれているものだ。

そのため、アガーシャの症状から、もしかしたら何かしらの毒かもしれないというところまでは推察できていた。

「頭痛に吐き気、体の震え……全身の血色が悪く、口紅を拭うと唇が真っ青だったこと。これらは毒を摂取した時に起こり得る症状に全て当てはまります」

「つまり……妻は何者かに毒を盛られたのか……？」

「確証のないことは言えませんが、その可能性はあるかと……。二週間前から頭痛を訴えておられましたので、その時から微量の毒を徐々に盛られていたか、もしくは遅延性の毒を盛られていたのではないかと……」

「……っ」

デズモンドは目を尖らせ、体を震わせる。

彼の金色の瞳には、アガーシャに毒を盛ったであろう人物に対する怒りと、不安が滲んでいた。

「それで、解毒剤はあるのか」

ヴィンスは落ち着いてというように、デズモンドの肩にポンと手を置いてから、シャーリィーに問いかける。

ヴィンスも自身の母が毒を盛られて苦しむ姿を見るのは辛いだろう。それなのに気丈に振る舞うその姿に、ドロテアは感服した。

すると、シャーリィーは言いづらそうに口を開いた。

「大変申し上げにくいのですが、どの解毒剤を使えばいいのかが、分からないのです……」

「……！　もう少し詳しく話せ」

ヴィンスが低い声で、シャーリィーに説明を促した。

「は、はい！　アガーシャ様の現在の症状の原因が毒であることは、十中八九間違いないかと思われます。……しかし、今の症状は大多数の毒で出るものばかりで……原因となる毒の特定が難しいのです」

シャーリィーが言うことは正しかった。

毒の中には体に発疹を作ったり、口内から独特な臭いがしたりなど、種類を特定しやすい症状が出るものがある。

だが、アガーシャの症状は毒全般に現れるものだったため、情報が足りなかったのだ。

更に、シャーリィーは診察の際にアガーシャに質問を投げかけたようだ。

最近珍しいものを食べたか、ここ三日、毎日決まって食べたものはあるか、または毒を持つ生物と触れ合う機会はあったか、などだ。

しかし、答えはどれも否で、毒に関わる情報は得られなかったらしい。

「……そもそも、何の毒か確定しなければ解毒剤は使えないのか？　とりあえず手当たり次第使ってみるのも手ではないか？」

ヴィンスの問いかけに、シャーリィーはあまり良い顔をしなかった。

「可能ですが……中には危険が伴うものもあります。動物性の毒に植物性の毒に対する解毒剤などを使うと……最悪の場合、アガーシャ様のお命が……。ですから、できるだけ毒を特定してから解毒剤を使うほうがよろしいかと。検査をして毒の特定を急ぎますので、それまでお待ちください」

「……っ、だが、何もしないでアガーシャは平気なのか？」

シャーリィーとヴィンスの話を聞いていたデズモンドは、堪らずそう投げかける。声はとても弱々しい。

希望だった医師が来たというのに、アガーシャの症状が改善される兆候がないことに焦り、絶望しているのだろう。

「アガーシャ様は現在、水分を少しずつなら摂れる状況です。根本的な解決にはなりませんが、最悪の状況ではないかと思います。ただ、これから食事が摂れず、もしも嘔吐を繰り返すようならば、脱水症状になりかねませんし、少しずつ衰弱されていくかと思います……」

「……分かった。毒の特定を急いでくれ」

「かしこまりました……！」

それからシャーリィーは、カバンから注射やその他器具を取り出し、検査の準備を始めた。

気が散ってはいけないからと、今度は一同が自発的に部屋の外に出た。

「誰がアガーシャをこんな目に……っ」

重々しい空気がその場を包む中、デズモンドの弱々しい声が廊下に響く。

ヴィンスでさえ何も言えないでいると、デズモンドは何かを思い付いたのか、突然ハッと瞠目した。

「もしかして……『アスナータ』の刺客がこの屋敷に忍び込み、アガーシャの暗殺を企てたのか……?」

「「「……!」」」

その場にいたデズモンド以外の皆が、息を呑んだ。

デズモンドの発言には何の証拠もない。

けれど、家族や仲間をとても大切にする獣人がアガーシャに危害を加えるとは考えづらい。

更に、『アスナータ』国民が獣人たちを嫌っていることは周知の事実であるため、ありえない話ではなかった。

(けれど、まさか……)

不穏な空気がその場に流れた、そんな時だった。

「ドロテア様……! 陛下……! ハリウェル・ロワード、帰還しました!」

国境付近から戻って来たハリウェルが、唐突に現れたのだった。

(ハリウェル様、とても急いで来てくださったのね……)

普段から体を鍛えているハリウェルが肩を上下にさせるくらいに息が乱れていることや、贈った耳付きの帽子の上や肩、尻尾にはちらほらと雪が積もっているから、ドロテアはそう推測することができた。

（というか、帽子を被ってくださってるのね……。嬉しいわ……って、そうじゃなくて）

ドロテアは余計な思考を頭の端に追いやると、ハリウェルを笑顔で出迎えた。

「ハリウェル様、おかえりなさい。お疲れ様でした」

ハリウェルは尻尾をぶんぶんと振って嬉しそうに頬を緩めながら、ビシリと姿勢を正す。

「ただいま戻りました！　ドロテア様のためでしたら、このハリウェル、たとえ国境付近でも海でも山でも、男性だけでは入りづらいお洒落《しゃれ》なカフェテリアでも参りますので、いつでもお申し付けください！」

「え？　ええ、ありがとうございます？」

カフェテリアだけは若干ずれている気がしたが、ドロテアは敢えて口出しすることはなかった。

「ハリウェル、陛下の前だ。口を慎め」

「……ハッ！　申し訳ありません。大変失礼いたしました」

「……構わん」

デズモンドから見て、ハリウェルは自身の妹の子。つまり甥に当たる。

それなりに知る仲だからか、まるで飼い主に会えた犬のように興奮していたハリウェルの様子を、デズモンドはさして気にしていないようだ。

アガーシャのことがあるため、それどころではないという理由もあるのかもしれない。

「あの……それで、皆様ここに集まって一体何を？　先程、暗殺という物騒な言葉が聞こえましたが……」

廊下で放ったデズモンドの言葉は、同じく廊下にいたのだろうハリウェルに聞こえていたらしい。

おそらく、この屋敷にいる多くの獣人たちにも聞こえていただろう。きっと近いうちにアガーシャの様態については城内に知れ渡る。

それなら隠す必要はないだろうと、ヴィンスはハリウェルにアガーシャの現在の状況を説明した。

「実はな――」

ヴィンスが説明を終えると、ハリウェルは顔を真っ青にしてショックを受けると同時に、こう嘆いた。

「……まさか、アガーシャ様もだなんて……」

「……も？　どういうことですか、ハリウェル様……！」

ドロテアの問いかけに、ハリウェルは悲しそうに眉尻を下げる。

「それが……国境付近からこの屋敷に戻って来る道中の街で耳にしたのですが、寒さが厳しくなった二週間ほど前から、住民の中にもアガーシャ様と同じような症状の体調不良を訴える方がいるそうなのです」

「「……！」」

「症状の重症度に関しては様々でした。今のところ命を落とした者はいないようですが、時間の問題かもしれません」

皆が驚きで目を見張った。

唯一プシュだけが、「キュウ」と可愛らしい声で鳴きながら、尻尾をブンブンと揺らしている。

（住民たちの体調不良の症状がアガーシャ様と似ている？　しかも二週間前からって、タイミングも同じだわ……。ということは、何かしらの毒が出回っている可能性があるわね）

それがもし本当ならば、由々しき事態だ。

もちろん、住民たちの体調不良の原因は別にある可能性もあるが、症状が似ているのならば毒の可能性は高い。

（……もしもその毒が、アガーシャ様に使われていたものと同じ種類だったら……）

ドロテアは恐ろしいことを想像してしまい、背筋が粟立《あわだ》つ。

同時にデズモンドは「つまり……」と呟いた。

「『アスナータ』の者たちは、アガーシャだけでなく、国民たちにまで危害を加えようとした可能性があるということか」

――そう。ドロテアが恐れていたのは、これが『アスナータ』による毒物攻撃だった場合だ。

『アスナータ』が獣人を嫌っていること、アガーシャと住民たちの症状が似ていて、おそらくどちらも毒が原因であることから、ありえない話ではない。

（これが本当ならば、おそらく毒の特定はかなり困難になるわ……。簡単に解毒できてしまっては、

あまり意味がないもの）

ただ、他国からの毒物攻撃にしては、些か規模が小さいように思う。

更に、現時点でまだ死に至った者がいないとなると、毒の効果もそれほど高いものではないのだろう。他国を攻撃するにしては、正直中途半端だ。

「父上、お気持ちは分かりますが、冷静になってください。母上の件を含め、民のことも『アスナータ』が関わっているとは限りません」

「……分かっている。だが、そうとしか考えられな――」

その時、デズモンドの声を遮るようにしてハリウェルは声を張り上げた。

「『アスナータ』は無関係だと思います……！　何故なら、『アスナータ』でも同様の体調不良者が出ているからです！」

「「……！」」

どうやらハリウェルは、国境付近で両国間の人々の様子を観察していたところ、『アスナータ』の住民たちの間で、原因不明の体調不良が起きていると話しているのを聞いたようだ。症状も似たようなものだったらしい。

「ヴィンス様。その話が本当ならばハリウェル様の言う通り、此度《こたび》の件に『アスナータ』は関係はない……むしろ、私たちと同じ状況に置かれていると考えるべきですね」

「ああ。なんにせよ、まずは住民たちの間に起こっている体調不良の原因を速やかに探る必要がある。母上と同じなのか否かでも、対応が変わるからな。父上、家臣たちには俺から指示をしても構いませんか？」

「あ、ああ……。すまない、ヴィンス……」

この屋敷の主人はデズモンドだが、今の彼はアガーシャの体調不良により冷静さを欠いている。

そのため、ヴィンスは自らが指揮することにしたのだろう。

「ドロテア、俺は家臣たちと話し合いをするために、一旦この場を離れるが、お前はどうする？

この場で父上とともに母上の検査結果が出るのを待つか？」

「私は……」

ヴィンスが自分にできる最大限のことをしている中で、私ができることは何だろうとドロテアは少し俯き気味で考える。

（……そうよ。私には多少だけれど、毒に対しての知識があるじゃない）

それに、ヴィンスが認めてくれた観察力や情報収集力、行動力も。それらが今、活かせるかもしれない。

（――私にできることを、しなくては）

ドロテアは顔を上げると、覚悟のこもった瞳でヴィンスを見つめる。

ヴィンスはそんなドロテアを見て、ふっと微笑んだ。

「私なりに、アガーシャ様を苦しめる毒の特定に当たりたいと思います。許可をいただけますでしようか」

「それでこそドロテアだ。……すまないが、母上の方は頼んだぞ」

「はい！」

それからドロテアは、この場を後にしたヴィンスの背中を見送ると、侍女たちに視線を移した。

第四十六話　推理を始めます

ドロテアは現在、アガーシャの検査結果を待っているデズモンドと別れ、屋敷の厨房に来ていた。

自身の後ろには、アガーシャの侍女であるサリーが控えている。

ハリウェルはドロテアの護衛のために付いてきてくれているが、プシュとともに厨房の外で待機だ。さすがにプシュを厨房にいれるわけにはいかなかった。

アガーシャの侍女二人は、私たちも何かお手伝いを、と買って出てくれたので、その一人のサリーには屋敷の案内役兼、補佐役として同行を頼んだ。

彼女は侍女の中でも一番古株で、現在侍女長の立場にある。

地位もあり、使用人たちとも打ち解けているらしいので、ドロテアとハリウェルだけで行動するよりも、何かと動きやすいだろう。

もう一人の侍女には、ここ数日屋敷に怪しい人物が出入りしていないかの確認を頼んである。

まず厨房に来た理由は、アガーシャの生活状況から、野生の動物の毒に冒された可能性よりも、何かしらの食べ物から摂取した可能性のほうが高いと考えたからだ。

既に料理人たちの耳にもアガーシャの状態については届いていたことや、サリーの存在のおかげもあって、何か役に立てればと彼らは快く話を聞かせてくれた。

「――食材の購入場所や運搬方法についてはこんなところでしょうか。ここ二週間ほどの食材のリストは、こちらを確認していただければ。調理の工程をまとめたレシピ集もございますが、そちらもご覧になりますか？」

「ええ、全て確認させてください」

料理人たちから食材のリストとレシピ集を手渡されたドロテアは、それを読み始める。

少しでも毒性がある食材はないか、組み合わせると毒となる食材はないか、調理工程に怪しい点はないかなど、細かくチェックした。

「どうですか？　ドロテア様」

「……これと言って、毒に関連していそうな部分はありませんね」

サリーの問いに答えたドロテアは、もう一度だけ手元の資料を読み込む。

そして、やはり何もないことを改めて確認すると、料理人たちに返却し、礼を伝えてから厨房を出た。

「ドロテア様、次はどちらに案内いたしましょうか？」

「そうですね……」

目的地が定まっていない中、三人（＋一匹）は廊下を歩く。

厨房に来る道中、既にサリーからここ最近のアガーシャの様子についてはは話を聞いた。

アガーシャの頭痛は二週間前から突然始まり、原因に思い当たることはないという。

厨房で食材等についても既に確認し、毒が含まれた食材が使われたという線は低そうだ。

（だとすると、他に考えられることは誰かが毒を入手し、完成した料理、または飲み物などに混ぜたということだけれど……）

被害者がアガーシャだけならば、ドロテアはまずそれを疑っただろう。誰かが意図的に、アガーシャに毒を盛ったのだと。

しかし、アガーシャとよく似た症状が『レビオル』の住民にも、更に隣国の『アスナータ』の人々にも出ている。

（症状が似ていて、発症のタイミングも同じことから、皆が同じ毒を体内に入れてしまったと考えたほうが良いわ……。と、すると……）

これは、誰かが故意に毒を盛ったのではなく、何かしらの影響で毒が自然に発生しているのではないか。

知らぬうちに、皆はその毒を体内に入れてしまったのではないか。そう思えてならないのだ。

（アガーシャ様の頭痛が始まったのが二週間前……。『レビオル』の住民たちに毒の症状が現れたのも同じ頃……。その時に、一体何があったのか……）

考えろ、考えろ。きっとどこかに糸口はあるはず。

そう、ドロテアが必死に頭を働かせた時だった。

「ハックション……！」

「……!?」

突然背後から大きなくしゃみの音が聞こえたので、ドロテアは振り向いた。

そういえば、ハリウェルは先程までずっと吹雪の中、外にいたのだ。

「申し訳ありません……！　お見苦しい音を聞かせてしまいました」

「いいえ、それよりも大丈夫ですか？　やはり外は寒かったですよね。それに、いくら屋敷の中とはいえ、廊下には暖炉がありませんから寒い――……」

その瞬間、ドロテアはふと気付いた。

「もしかして……」

「ドロテア様……？　どうかされましたか？」

洟《はな》をズズッとすすってから尋ねるハリウェルの手を、ドロテアはガシッと掴んだ。

「ありがとうございます、ハリウェル様！　アガーシャ様が冒されている毒の原因が分かったかもしれません！」

「「え!?」」

続いてドロテアはハリウェルから手を離すと、サリーに視線を向けた。

「サリーさん、アガーシャ様が一人で最も長い時間を過ごされるのは、どのお部屋ですか？」

「それは間違いなく、アガーシャ様の自室かと……」

「分かりました。では、今からナッツ——私の専属メイドのところに向かいます。そのあと、アガーシャ様のお部屋に案内してください！」

「か、かしこまりました……！」

それからドロテアは、ナッツにとある指示を出したあと彼女と別れた。

そして、詳しい説明は後でするからと言って、サリーにアガーシャの部屋に案内してもらった。

ハリウェルは許可なく異性の部屋に入ることに抵抗を覚えていたが、「これは有事だ……！」と自分に言い聞かせて、入室していた。結局両手で目を隠しているところが彼らしい。

「ハリウェル様、扉は閉めないでください」

「承知しました！」

「サリーさん、この部屋の全ての窓を全開にしていただいて良いですか？」

「外はこの吹雪ですが、よろしいのですか？」

「ええ、お願いします」

ピクピクと鼻を引くつかせたプシュの頭を、そっと撫でる。

サリーが窓を開ける中、ドロテアも勝手に入室したことを内心でアガーシャに謝罪してから、パッと部屋を見回した。

アガーシャの部屋は、この屋敷の他の部屋に比べるとかなり古いようだった。

もちろん清掃は行き届いているが、家具や絵画などはかなり年数が経っているものばかりだ。

「サリーさん、アガーシャ様は、よくあの椅子に座られますか？」

ドロテアが指をさしたのは、暖炉のすぐ近くにある揺り椅子だ。

「はい！　よくそちらにお座りになり、編み物や読書を嗜まれております。お一人で集中したいようで、私たち侍女は下がるよう命じられることが多いです」

「……そうですか。ありがとうございます」

それからドロテアは、揺り椅子がある方に歩いていくのだが、部屋の隅にある、大人の背丈ほどある二つの彫刻に目を奪われた。

「これは間違いなく、ヴィンス様とディアナ様……。まさか、お二人の彫刻を部屋に飾っていらっしゃるなんて……」

「アガーシャ様は揺り椅子に座り、こちらの彫刻を毎日愛おしそうに眺めておいでです」

「そ、そうなのですね」

サリーからの補足もあったことで、アガーシャの愛の大きさにより感嘆する。

「それでドロテア様、こちらの部屋で何を？」

サリーが問いかけてくる。

ドロテアは「あれです」と壁際を指さしてから、揺り椅子の奥にある目的の場所へ駆け寄り、しゃがみこんだ。

「暖炉、ですか……？」

「ええ。そうです」

　ドロテアはサリーの問いかけに頷いてから、暖炉の中を見てみる。

　暖炉の火は基本的に付けっぱなしなので、今もパチパチと火が燃えている。

「サリーさん、今季に暖炉を使い始めたのは、いつ頃ですか？」

「二週間ほど前だったと記憶しております。ちょうどその頃から、ぐっと冷え込みましたので」

「暖炉に関することで、何かトラブルは起きませんでしたか？」

　サリーは顎に手をやって考えてから、あっと声を漏らした。

「そういえば、毎年寒い季節になると暖炉を使う前に、担当の者が各暖炉の煙突を一つ一つ点検するのですが、この部屋の暖炉に繋がる煙突がやや老朽化していると報告を受けました」

「何か対処はされましたか？」

「いえ、老朽化といっても直ちに火災に繋がるものではないことと、新たな煙突を造る場合、この部屋の一部を壊すことになるのを懸念されていまして……。アガーシャ様は、この部屋をいたく気に入っておられるのです。ですから、また後日に煙突について検討しようという話にまとまりました」

「……やはり、そうでしたか」

　パチパチ、パチパチパチ。

ずっと聞いていたくなるほどに、火を焚《た》く音は心地良いというのに、ドロテアは暖炉を見ながら眉を顰めた。

「それが何か……。まさか――」

「ジジジ……！」

サリーの疑問を遮るようにして、プシュが大きな鳴き声を出した。

いつもの可愛らしい鳴き声ではなく、不快な音だ。

人間のドロテアよりも断然耳が良い獣人のハリウェルとサリーは、咄嗟に耳を塞いだ。

「ジジジジジィ……!!」

これは、プシュが威嚇する際に出す鳴き声だ。天敵と相対した時、自らが危険だと判断した際に、この声を出すらしい。

プシュの表情もいつもと大きく違う。円《つぶ》らな目は吊り上げられ、全身の毛が逆立っている。

（やっぱり……。間違いないわね）

プシュの様子からとある確信を持ったドロテアは、プシュに「大丈夫だよ」と声かけをしてから、優しく抱き上げた。

少し安心したのか、プシュは威嚇をやめ、ドロテアの肩に乗って、頬をスリスリしている。

対して、サリーはプシュが威嚇をするのをやめたのを機に、再びドロテアに話しかけた。

「まさか、アガーシャ様の容態と煙突の老朽化が何か関係があるのですか……？」

「……はい。おそらくは」

「……！　そんな……！」

サリーが困惑の表情を浮かべると、扉をノックする音が聞こえた。

扉を開けたのは、もう一人のアガーシャの侍女だった。

「ご報告です……！　ここ数日、怪しい人物の出入りがなかったことが確認されました」

「ありが――」

お礼を伝えようとしたドロテアだったが、その声は「ぷっきゅーーん！」というとんでもなく可愛い声に掻き消されてしまった。

「失礼いたしますっ！　ドロテア様、確認してまいりました！　な、なんと、ドロテア様の言う通りでした！　凄いですっ！」

「ナッツ……！」

急いで報告に来てくれたのか、ナッツの息は乱れ、いつもはふんわりとした前髪がオールバックのようになっている。

丸い額もとっても可愛い。いや、ナッツなら何をしていても可愛いのだけれど。

「ありがとう、二人とも」

――さて、これで知りたい情報は全て揃った。

「皆さん、毒の正体が分かりましたアガーシャ様のもとに行きましょう」

ドロテアがハリウェルとナッツ、アガーシャの侍女二人とともにアガーシャの部屋の前に到着した頃、ちょうどデズモンドが部屋の中に入ろうとしているところだった。

デズモンドに話しかけると、どうやらアガーシャの検査結果が出たため、シャーリィーに入室を促されたらしい。

「陛下、私たちも入室をしても構いませんでしょうか？」

「ああ、もちろんだ」

アガーシャの侍女はもちろん、ハリウェルとナッツの入室許可も得たドロテアたちは、デズモンドに続いて部屋に入る。

すると、最後尾のハリウェルが扉が閉める寸前、聞き慣れた声が聞こえた。

「――父上、ドロテア」

「ヴィンス様……！」

ドロテアが振り向くと、急いできたのか、肩を上下させるヴィンスの姿が見えた。よほどアガーシャのことが心配だったのだろう。

ヴィンスが入室すると、ハリウェルが扉を閉める。

そして、ハリウェルやナッツ、アガーシャの侍女たちは部屋の壁際に待機した。

「ヴィンス、もう家臣たちとの話し合いは終わったのか」

「諸々の説明と指示はしておきましたので、問題ないかと」

「……そうか。ありがとう」

それからデズモンドはベッドに横になっているアガーシャのもとに行った。床に膝をつき、大丈夫か？　と声をかけている。

アガーシャは相変わらず苦しそうで、前髪がべったり張り付くくらいに額にはたっぷりの汗をかいていた。

表情は未だ苦痛に歪んでおり、「貴方……」と囁いた声は消え入るほどに小さい。

ヴィンスはというと、アガーシャに心配の眼差しを向けてから、ドロテアの隣にまで歩いた。

「ヴィンス様、お疲れ様でございました」

「ああ、ドロテアもな。……その表情からして、おおよその目星はついたのか？」

「はい」

ドロテアがコクリと頷くと、シャーリィーがまずは検査結果を説明するからと話し始めた。

「アガーシャ様の血液を採取し、検査を行った結果、植物性の毒であることが分かりました。……しかし、その詳細まで確定するには至りませんでした。新種の毒なのかもしれません」

シャーリィーは申し訳なさそうに告げる。しかし、それはドロテアの考えを裏付けるのに、とても大きなものだった。

植物、そして新種の毒。そのどちらも、ドロテアが今頭に思い浮かべているものと一致するのだ。

（お医者様の検査で結果が出るようなら、口出しはしないつもりだったのだけれど）

どうにか毒の特定ができないのか、または現時点で使える解毒剤はないのかと、切羽詰まった様子でシャーリィーに話すデズモンドに、ドロテアは声をかけた。

「陛下、アガーシャ様の毒について私からもお話ししたいことがあるのですが、よろしいでしょうか」

デズモンドは、まさかと言わんばかりに目を見開いて、ドロテアを凝視した。

「アガーシャの体を蝕《むしば》む毒の特定を試みると言っていたが、まさか……できたのか？」

「確証はありませんが、確信はあります」

事前の調べで、デズモンドはドロテアが優秀であることを知っていた。しかし、ドロテアは毒の専門家でも、医者でもない。

そのため、ドロテアの発言にどれほど信憑《しんぴょう》性があるのかを正確に測ることはできなかったのだけれど、デズモンドは今、藁《わら》にも縋る思いだった。

「父上、ドロテアは優秀な女性です。母上を救えるかもしれません。話を聞いてやってください」

「………。分かった。話してくれ」

更に、息子であるヴィンスの後押しもあって、デズモンドはドロテアの発言を許可した。

ドロテアはデズモンドとヴィンスの両者に礼を伝える。

シャーリィーや部屋の隅にいるナッツたちが固唾《かたず》を呑んで見守る中、ドロテアは語り始めた。

「おそらく、アガーシャ様を苦しませている原因は、クヌキの木だと思われます」

「なっ、クヌキの木だと……!?」

レザナードでは『レビオル』にのみ生えるクヌキの木。その存在を知るデズモンドは声を張り上げた。

シャーリィーは顎に手をやって考え込んでおり、部屋の壁際に待機しているハリウェルたちは分からないと言いたげな顔をしている。

「ドロテア、そう考えた理由を説明しろ」

「もちろんです、ヴィンス様。まずは、クヌキの木について簡単に説明申し上げます」

それからドロテアは、クヌキの木に蜜を出す特性があること、クヌキの蜜は大切な資源であることから、クヌキの木を不必要に伐採することは禁じられていたことを話した。

「しかし、数ヶ月前、採蜜してから約十年ほどすると、クヌキの木に新たに蜜が作られないことが立証されました」

「ああ。だから、蜜が採れなくなったクヌキの木は伐採し、木材や薪として利用することが認められた」

ヴィンスの補足に、ドロテアは首を縦に振った。

「待ってくれ。そのクヌキの木が、毒とどう関係しているんだ？」

「順を追って説明いたします。まずは、暖炉をご覧ください」

デズモンドの質問に対し、ドロテアは寝室にある暖炉に視線を移した。

皆も同じように、食い入るように暖炉を見つめる。

アガーシャの部屋では暖炉に対して威嚇していたプシュだが、この部屋ではドロテアの肩でリラックス中だ。

「今まで暖炉の薪には、ベナという木が使われていました。しかし今年の冬季から、この屋敷と『レビオル』の住民の一部、そして『アスナータ』でも暖炉の薪にクヌキの木が使われていることを、ナッツが確認してくれました。『アスナータ』でも、ほぼ同時期にクヌキの木が薪として使用されることになったようです」

「……！　そういうことか……！」

ドロテアが何を言わんとしているか、ヴィンスはどうやら、気付いたようだ。

「クヌキの木は、燃やすと毒が発生する――」

「おそらくは」

「「……！」」

皆が驚く中、最も暖炉の近くにいたナッツは「うひゃぁ!?」と言いながら、暖炉から即座に離れた。

暖炉から最も離れた壁にへばりつく彼女の顔は、真っ青になっている。

「大丈夫よナッツ。この部屋は安全だから。暖炉の近くにいても平気よ」

「そ、そうなのですか!?」

「ええ、だから安心してね」

ドロテアは優しく声をかけると、ナッツは安堵したのか、へばりついていた壁から離れた。

それから、ドロテアが再びデズモンドの方に向き直ると、彼は深刻な面持ちをしていた。

「確かに木の中には燃やすと毒が発生するものがあることは知っているが……クヌキの木がそうであると確信を持ったのは何故だ？」

「理由はいくつかありますが……一つ目は、クヌキの木の種類です。説明しますと――」

『落葉高木』という種類の一部の木には、加熱すると毒が発生するという性質を持ったものがある。

そして、クヌキの木はその『落葉高木』に分類されているのだ。

「とはいえ、『落葉高木』といっても、ほとんどは燃やしても無害なものです。加えて、有害なものが発見された場合は、山火事などの際に毒が発生するのを危惧して伐採されるものが多く、現在ではほとんど生えていません。しかし、クヌキの木は蜜が採れるため今まで伐採されてきませんでした。そのため、クヌキの木は最近になって薪としても使用されたのだと思います」

実際ドロテアも、この事態が起きるまではクヌキの木に危険が隠れているかもしれないなんて考えていなかった。

クヌキの木が木材や薪としても利用できることに、正直浮かれていたのだ。

「ドロテア、他にも理由があるのか？」

「はい。それは……」

ドロテアは肩に乗っているプシュのほっぺを指先とツンツンと押す。それから、プシュを自身の両手のひらに乗るように促した。

「確信を持てたのは、プシュくんのおかげなのですわ」


「プシュが……？　それは一体どういうことだ？」

声を出したのはヴィンスだったが、皆の視線がドロテアの手のひらに乗っているプシュに注がれた。

なんとなくこの場の空気を感じ取っているのか、プシュはふふんっと誇らしげだ。ヴィンスにお尻を向け、ふりふりとする姿なんて、とても可愛らしい。

（プシュくんにこんなふうにお尻を振ってもらえるなんて、ヴィンス様が羨ましいわ。ああ、もふもふしたい……）

何故かヴィンスは「挑発しやがって……」と額に青筋を浮かべているのだけれど。

こんなに可愛いのに。……と、それはさておき。

「実は先程、サリーさんに頼んでアガーシャ様の自室に案内していただいたのですが……。アガーシャ様の部屋の暖炉に近付いた途端、プシュくんが暖炉に向かって威嚇を始めたのです」

「薪に使われているクヌキの木から毒が発生していることを感じ取ったということか？」

「その通りです、ヴィンス様」

プシュ……というより、野生に住む動物の多くは、危機察知能力が高い。

嗅覚や聴力が人間よりもとても発達していることはもちろんだが、食料や草木、水などに毒が含まれているか否かを判断する能力に特に長けているのだ。

生きていくために、自然に身に付いているのだろう。

「ドロテアの言うことは分かった。だが、まだ疑問が残る。今回の毒の原因がクヌキの木だとして、何故この屋敷で母上しか被害に遭っていない？　それに、さっきお前はこの部屋の暖炉については安心だと言っていたが、それはどうしてだ？」

ヴィンスの疑問は尤《もっと》もだった。確かに……と一同が不思議そうに眉を寄せる。

しかしそんな中、サリーだけは違った。

「煙突の……老朽化」

ポツリと呟いた彼女に一斉にアガーシャ以外からの視線が向けられる。

サリーはこの場で許可なく発言してしまったことを後悔し、深く頭を下げた、のだけれど。

「サリーさんの言う通りです。詳しくは私から説明させていただきます」

ドロテアが再び話しだしたことで、皆の視線はドロテアに戻った。サリーはホッと胸を撫で下ろす。

「この屋敷でアガーシャ様しか毒の被害に遭っていないのは、アガーシャ様の自室のみ、煙突が老朽化していることが原因です」

それからドロテアは、暖炉の仕組みを簡単に説明した。

そもそも暖炉とは、暖炉の中へ石炭や薪を入れて燃やすと、炎の放射熱によって部屋が暖まるという仕組みだ。その際に発生する煙は壁の中を通る煙突を抜けて、外に排出される。

つまり、部屋中に煙が充満しないのは、煙突が正常に機能しているおかげなのである。

「しかし、長年暖炉を使っていれば、遅かれ早かれ、煙突は老朽化します。すると、煙の排出がスムーズにいかなくなり、燃焼効率が悪くなったり、煙突から排出されない煙が室内に漏れだしたりする危険があるのです」

「……つまり、母上は自室で、その漏れ出したクヌキの木の煙を吸ったから毒に冒された、と。そういうことか、ドロテア」

「はい」

現に、プシュはこの部屋では、一切暖炉に対して反応を見せなかった。

しっかりと煙突が機能していれば、いくらクヌキの木を燃やしたことで毒の成分が入った煙が上がっても、部屋に充満することはないのだ。

デズモンドは口元に手をやりながら、苦しんでいるアガーシャの顔を見た。

「煙突の老朽化については、アガーシャから話を聞いていたが……まさかそれが原因だなんて……」

是が非でも新たな煙突を設置させるべきだった。そう呟き、悔やむデズモンドの表情に、ドロテアの胸は痛んだ。

この部屋に戻る前にサリーから聞いた話では、この屋敷はデズモンドの先々代が造らせたものだそうだ。

しかし、先々代が亡くなってからデズモンドたちが『レビオル』に移住してくるまで、この屋敷に主はなかった。

そのため、屋敷は手入れが行き届いておらず、改装、改築をしてこの屋敷を使うことに決めたようだ。

だが、アガーシャは自室にあまり手を加えたがらなかったらしい。建物や家具などから歴史を感じるのが好きだったアガーシャは、必要最低限の補修のみを命じた。

だから、アガーシャの部屋の暖炉に繋がる煙突だけ、老朽化していたのだろう。

更に、アガーシャは部屋で過ごす際、暖炉の前に揺り椅子を置き、そこによく座っていたようだ。

扉や窓の開閉で部屋が換気される機会もあっただろうが、暖炉の間近にいれば、それはあまり意味をなさなかったのだろう。

「おそらく、『レビオル』住民や『アスナータ』での体調不良も、同じ理由でしょう。煙突の老朽化、もしくは煙突の清掃不足により、部屋にクヌキの木の煙が充満したからかと」

ヴィンスは腕を組み、思考を巡らせる。

「……なるほどな。約二週間前からの体調不良、そして今日、急に母上の症状が重くなったことを考えるとクヌキの木の毒は体に蓄積するタイプのもの。そして、ある一定量を超えると明らかな毒症状が現れる、と考えて良さそうだ」

住民たちの症状のばらつきから察するに、その一定量というのも人それぞれなのだろう。性別や年齢、体重など様々な要因が考えられる。

「私もそう思います。お医者様はどう思われますか？」

「ええ。アガーシャ様の症状や状況から見ても、私も同意見です。あとは解毒剤さえできれば、アガーシャ様も、住民の皆さんも毒から解放することができます！」

シャーリィーの発言に、ぱぁぁっと皆の顔が明るくなる。

デズモンドなんて、安堵のあまり目に涙を溜めていた。

「ドロテア嬢、ありがとう……っ、本当にありがとう……！」

「い、いいえ、そんな……！」

デズモンドと同様、アガーシャの侍女たちも目に涙を溜め、安堵の言葉を口にしている。

ナッツは「ぷっきゅーんっ！」と言いながら尻尾をぶりんぶりんと振っており、ハリウェルは「さすがドロテア様です！」とこちらをキラキラとして目で見つめていた。

　ドロテアが感謝されているのを感じているのか、プシュが嬉しそうにしている。それも、また可愛い。

（……でも、不幸中の幸いだったわ。もしかしたら今頃、住民の全員が毒に冒されていたかもしれないから）

　現在、『レビオル』の住民で毒に冒されているのは僅かだ。

　おそらく、煙突から排出される煙はかなり濃度が低いため、人体に影響が出るほどではなかったのだろう。

「ドロテア、お手柄だ」

　ヴィンスに優しく頭を撫でられ、ドロテアは無意識に入っていた肩の力を抜く。思っていたよりも緊張していたらしい。

「本当に、ありがとう。やはり、ドロテアは凄いな」

「ヴィンス様……」

　褒められたドロテアは、小さく首を横に振った。

「できることをしたまでです」

「……まったく、控えめ過ぎる奴だ」

　突然ふに、と頬をつまんでくるヴィンスの行動に、ドロテアは驚きのあまり「へっ!?」と素っ頓狂な声を上げた。

いちゃつくな！　と言わんばかりにヴィンスを威嚇するプシュに苦笑いを零したドロテアは、次にアガーシャの侍女たちに視線を移した。

「お二人はアガーシャ様の部屋に頻繁に出入りしていたはずですから、念の為に体調には注意してくださいね」

「「はい……！」」

それからシャーリィーの指示のもと、屋敷に待機させていた調合師を寝室に呼んだ。

犬の獣人の、高齢の男性である。名前はバーフ。

彼は屋敷に常駐している調合師で、その道四十年以上の大ベテランだ。

解毒剤は劣化が早いため保存できず、必要があればその都度新たに調合しなければならなかった。

とはいえ、クヌキの木が毒を発生することは今日発覚したため、もちろん解毒剤は開発されていない。

しかしクヌキの木と同じ分類である『落葉高木』の一部の木から発生する毒に対しての解毒剤は存在しているらしい。

今回の毒と過去の毒を比べ、症状なども酷似していることから、その解毒剤で十分に効果はあるだろうという結論がシャーリィーとバーフの間で出された。

「ようやくですね、ヴィンス様」

「ああ」

それから少しの間、寝室には穏やかな空気が流れた。

――アガーシャのことは心配で堪らないけれど、それももうあと少しなのだからと、皆が信じてやまなかったというのに。

「大変申し上げにくいんだがなぁ……。その解毒剤を調合するには材料が一つ足りず……作ることはできないんじゃよ……」

気まずそうにそう発したバーフの言葉に、皆の顔はさぁーっと青ざめた。

「どういうことだ？　過去に作ったことのある解毒剤ならば、材料ぐらいあるだろう……!?」

デズモンドがバーフに詰め寄るのを、ヴィンスが間に入って止めた。

今ここでバーフを萎縮《いしゅく》させても意味はないどころか、より事態が混乱してしまうのは想像に容易だったからだ。

「父上、母上のことが心配なことは、十分理解できますが、冷静になってください。今は何よりも調合師の話を聞くことが先決です」

「……っ、すまない……ヴィンス……。アガーシャのこととなると、つい頭に血が上ってしまった……」

狼の獣人は、生涯たった一人を深く愛する。

普段は冷静沈着でどっしりと構えているデズモンドが、アガーシャのことで取り乱すのは無理なかった。

「それで、材料がないとはどういうことだ？　もう少し詳しく話してくれ」

デズモンドが落ち着きを取り戻したところで、ヴィンスがバーフに問いかける。

ドロテアも先程デズモンドが言ったのと同じ疑問を覚えていたので、意識を耳に集中させた。

「ここ数年、『落葉高木』に分類される木の毒の被害がなかったことから、その解毒剤を調合するのに必要な材料の一つの輸入頻度がガクンと落ちてしまっての……。過去に届いた材料があるにはあるんじゃが、残念なことにかなり劣化しており、成分が大きく変わってしまっていてな……。調合師としては、安全が担保されていないその材料は使えない、ということじゃ」

バーフ曰く、今回調合する予定だった解毒剤に必要な材料は、十種類。そのうち九種類は、ここ獣人国で生産されていて、いつでも手に入るという。

しかし、残りの一つの材料——輸入頻度がガクンと落ちたものは、他国でしか生産されておらず、全てを輸入に頼っているそうだ。更に、その材料は他のものでは代用できないらしい。

（つまり、新たに他国からその材料を輸入しなければ、安全が担保された解毒剤は作れないというわけね）

しかし、それはそう簡単な話ではなかった。

こちらの都合で輸入の日程や量を変えるのには、かなり手続きの時間がかかってしまう。

他国との間柄、距離にもよるが、最短でも一週間はかかるだろうか。

そのことはデズモンドやヴィンスも分かっているのだろう。二人の表情は暗く、部屋全体が重たい空気を纏っている。

「……この状態で、アガーシャはあと何日もつ」

縋るようなデズモンドの問いかけに、シャーリィーは一瞬伝えるのを躊躇した。

「……思いの外毒の進行が早く、おおよそ四日程度かと。おそらくそれを超えると、毒の症状で嚥《えん》下《げ》機能が落ち、水分が摂れなくなり……そうなれば……その……」

徐々に声が小さくなるシャーリィーの言葉に、皆が続く言葉を悟った。

（そんな……）

アガーシャの命を確実に救うためには、今から新たにその材料を輸入している暇はないという事実。それは、ドロテアたちの心を深く抉った。

「……因みに、その足りない材料とは何だ」

そんな中、ヴィンスが言葉を振り絞る。

バーフは「知らんと思うが……」と前置きしてから、それを口にした。

「『ミレオン』と言ってな」

「……！」

その聞き覚えのある名前に、ドロテアは目を見張った。

――そう、ミレオンとは……。

「ミレオン……？　どこかで聞いた気が……」

「ヴィンス様！　ミレオンとは、サフィール王国にいる私の家族がお世話になっている農園で作られている野菜ですわ！」

「……！　そうか、ドロテアの家族の……！　ということはつまり――」

ドロテアは『レビオル』に来る前にロレンヌから届いた手紙を思い出し、笑みを浮かべた。

「そうです！　おそらく、既にロレンヌ様から王城宛にミレオンが届いていると思います……！」

「……!?　そ、それは本当か、ドロテア嬢！」

「はい……！　王城からならば、輸入するよりも格段に早くミレオンを手に入れることができます……！」

ミレオンとは、緑色の草のような野菜で、独特な香りと苦みを持つ。体内の毒を搦《から》め捕って排出するという効果があり、特に植物由来の毒には効果てきめんである。

王城から『レビオル』の屋敷までは片道二日。

つまり、今から王城に遣いを出し、ミレオンを運んできてもらえば、おそらく、四日後にはこの屋敷に届くはずだ。

(ロレンヌ様に感謝ね……！　それに早馬を出せば、もっと早くなるかもしれない。とはいえ、まだまだ喜んでばかりはいられないわ)

四日というのが、現時点でのアガーシャの生死を分けるデッドラインだ。通常ならば、問題のない日数なのだが……。

「ただ、外はこの吹雪です。『レビオル』を抜けるまでは、かなりゆっくりと進まなくてはならないかと」

致し方ないこととはいえ、アガーシャの心配が先立ったデズモンドは、ギリ……と奥歯を噛み締めた。

（陛下のお気持ちは痛いほど分かるわ……。とにかく一秒でも早く王城に遣いを出さなければ）

アガーシャの症状が、想定よりも早く悪化する可能性もある。

更に、毒に冒されているのは彼女だけではないのだ。住民たちを救うためにも、一刻の猶予もない。

「ヴィンス様、今すぐに王城に遣いを出してください……！」

「ああ、分かっている」

そして、ヴィンスが急ぎ寝室を飛び出そうとした瞬間だった。

突然扉が開き、現れた三人の人物に、皆が目を丸くした。

「お母様……！　お倒れになったって、大丈夫ですか……!?」

瑞々《みずみず》しいオレンジ色のドレスに身を包み、真っ黒な尻尾を地面に垂らした、泣きそうな顔をしているディアナ。

「ディアナ様……！　ご心配なのは分かりますが、少し落ち着いてください……！」

そんなディアナを追いかけるように入室した、長くて白い耳を垂れた、ブラウン色の装いのラビン。

――そして、最後に恐る恐る寝室に入ってきたのは……。

「失礼いたします。……このような事態に大変恐縮ですが、ドロテア様にお届け物があり、参りました。こちら、ドロテア様の養母様であられるロレンヌ様からの贈り物――『ミレオン』でございます……！」

お仕着せを身に纏い、真っ白な尻尾をつんと立てながら緊張の面持ちで箱を差し出す狐の獣人――ルナ。

「「『ミレオン……!?』」」

「えっ、あの、私、何か余計なことを……？」

ドロテアたちに食い入るように見つめられたルナは、目をパチパチと瞬かせた。

第四十七話

狼と兎とファインプレイの狐

（どうしてルナさんがここに……!? それに、何故ミレオンを持ってきてくれたの……!?）

疑問が頭を過ったドロテアだったが、とにかくルナのもとに駆け寄った。困惑している彼女の肩をガシッと掴む。

そして、まるで太陽のような笑みを浮かべた。

「ルナさん、ほんっとうに、ありがとう……！　助かったわ……！」

「は、はい！　ドロテア様に喜んでいただけるなんて、恐悦至極に存じます！」

ディアナやラビンへの状況を説明したり、ルナに対していくつか質問したりしたいけれど、それはまた後だ。

今は何よりも解毒剤を作ることが優先なため、ドロテアらはルナから受け取った一辺三十センチ台の立方体の箱を、近くのテーブルに置き、手早く開いた。

「わぁ……！」

ドロテアの周りには多くの者が集まり、箱の中身を凝視する。

皆の視線の先には、百を超えるだろうミレオンが入っていた。

「ロレンヌ様、こんなに沢山送ってくださるなんて……！」

「本当に、あの方には頭が下がる。……また御礼の品を贈らなければな」

背後から顔を乗り出し、ヴィンスがそう話す。

ドロテアはコクリと頷くと、二人の正面にいるバーフが「おお！」と興奮気味に声を上げた。

「これだこれ！　これがミレオンじゃ……！　劣化もしておらんし、これなら最高の解毒剤が作れるぞ！　早速調合にとりかかるから、後はわしに任せてくれ……！」

それから、バーフは別室で調合をするからと言って、ミレオンが入っていた箱を持って寝室をあとにした。

今回の解毒剤の調合は比較的簡単なものらしく、一時間もしないうちにできあがるそうだ。

「アガーシャ、もう少しの辛抱だからな」

「……っ、ええ」

アガーシャを励ますデズモンドは、先程よりもかなり穏やかな顔をしている。

ヴィンスの隣でドロテアがホッと胸を撫で下ろすと、ディアナが話しかけてきた。

「お兄様！　お義姉様！　そろそろお母様に何があったのか、説明してください……！」

「申し訳ありません、ディアナ様」

「俺から説明しよう。ラビン、お前もしっかりと聞いておけ」

「承知しました」

少し離れたところにいたラビンがこちらに駆けてくると、ヴィンスは事の顚末《てんまつ》を話し始めた。

――数分後。

ヴィンスの説明を聞き終えたディアナは、ドロテアの手を両手で力強く握り締め、深く頭を下げた。

「お義姉様……！　お母様の毒を突き止めてくださって、ありがとうございます……！　お義姉様がいなければ、お母様は今頃どうなっていたか……」

「頭を上げてください……！　私はできることをしたまでですから。それに、お医者様や皆様の協力があってこそです。私への礼は不要ですから、ディアナ様はアガーシャ様に声を掛けてあげてください。ね？」

ディアナは泣きそうな顔を上げると、思い切りドロテアに抱き着いた。

「お、お義姉様は女神様ですわ～！　大好きですぅぅ！」

「わ、私も大好きです！　それと女神様はディアナ様で……って、尻尾が！」

――ぶりんっ。

ディアナの腕だけでなく、尻尾までもがドロテアを包み込む。

自身の身体に感じる尻尾の温かさや感触に、ドロテアは恍惚《こうこつ》な表情を浮かべた。

（し、幸せ……！　すぐ近くにあるディアナ様のピクピクとしたお耳も堪らないわ！　ああ、触りたい！）

ドロテアがそんなことを考えているとは思っていないのだろう。

二人を見つめるラビンは、ディアナに感情移入してか、涙を流していた。

「姫様……っ、良かったですね……！」

一方、ラビンの隣にいるヴィンスは、ドロテアが考えていることが手に取るように分かっていた。

そのため、若干ディアナに嫉妬したのだけれど、さすがにこの状況で明らかな言動に出すわけにはいかず……。

ディアナの恋人であり、自身の家臣でもあるラビンをギロリと睨みつけた。

「泣くな、ラビン……いや、このヘタレメガネめ、鬱陶《うっとう》しい」

「わざわざ言い直してまでそれ言う必要ありました……!?」

ラビンの嘆くような声が、寝室に響き渡った。

ドロテアがヴィンスやラビンと解毒剤ができあがった後のことを話し終えた頃には、半刻ほど経過していた。

解毒剤が完成するまでもう少し時間があるため、ドロテアはヴィンスに断りを入れてから、ルナの方へと歩き始めた。

ルナは今、ナッツと何やら話している……というより、ナッツに一方的に話しかけられている。

自己紹介をしたり、プシュのことを話したり、好きな食べものを聞いたりなど。

ナッツは人懐っこいので、早速ルナと仲良くなりたいのだろう。

（ナッツ、楽しそうなのはとても良いことだけれど、そんなにぶんぶんと尻尾を振り回したら、アガーシャ様の侍女たちの髪が乱れて……！　いやでも、侍女たちはナッツからの風を浴びて幸せそう……）

……さすがナッツ。その人懐っこさと愛らしさで、アガーシャの侍女たちまでメロメロにしているようだ。罪深い子。

ドロテアはルナたちのすぐ傍にくると、まずナッツに話しかけた。

「ナッツ、クヌキの木について色々と調べてくれてありがとう。あまりの早さに驚いたわ」

「きゅるるんっ！　お役に立てて光栄ですっ！　ドロテア様は、本当に見事な推理でございましたっ！」

ナッツはパチパチと拍手をしながら、満面の笑みを浮かべている。

先程よりも尻尾が強風を巻き起こしているが、アガーシャの侍女たちが嫌がっていないから良いだろう。

「ルナさんも、少し良いかしら？」

「ド、ドロテア様……！」

次にルナに声を掛けると、彼女は背筋を伸ばし、表情を引き締めた。

さっきまで何の動きもなかった真っ白の尻尾がゆらりと揺れる姿に、ドロテアは頰を綻ばせる。

「改めて、ミレオンを持ってきてくれてありがとう。本当に助かったわ」

柔らかな笑みを浮かべたドロテアの美しさに、ルナはポッと頰を赤く染める。

しかし、すぐにハッとして、首をぶんぶんと横に振った。

「い、いえ！　とんでもないことです！　ドロテア様の養母様からの贈り物であることと、中身が食材であることは担当の者から聞いておりましたので、急ぎお届けするのは当然のことでございます！」

「……ルナさん、それは当然ではないわ。送り主と私の間柄や、期限が短い食材だったらと考えてくれたのでしょう？　貴女はとても優しく、優秀な人よ」

ルナがメイドとして優秀であることは、彼女がフローレンスに仕えていることから分かっていた。

だが、ここまでの行動力まで持ち合わせていたなんて、嬉しい誤算だ。

「けれど……姫様の専属メイドの皆様の馬車に同乗させていただけなければ、こうやってこの屋敷に辿《たど》り着くことはできなかったと思います……。寝ずに走っていたとしても、さすがにこの吹雪では足を取られたり、視界の悪さだったりで、今日中には辿り着けなかったかもしれません」

しかし、そう申し訳なさそうに話すルナの言葉に、ドロテアは呆気《あっけ》にとられた。

「……ん？　ルナさん、貴女まさか、ディアナ様たちがここに来る予定がなかったら、走って来るつもりだったの!?」

「はい。いくらドロテア様の専属メイドになれたとはいえ、私はまだ新人ですから。私のために王城の馬車を使うわけには参りません。恥ずかしながら、初任給はもう少し後でいただく予定で自分で馬車を手配することも叶わなかったので、あとはこの身一つかと」

「…………」

まるで、ドロテアのためならばなんだってすると言いたげな力強い瞳だ。

（と、とんでもない子だわ）

真面目で優秀。

そして、ルナの中にある自分に対する圧倒的な忠誠心に、ドロテアは胸を打たれた、その時だった。

「……ちょっと待って。さっき、専属メイドって言った？」

ドロテアが素早く目を瞬かせると、ルナが「あっ」と何かを思い出したような声を漏らした。

「お伝えしたものと思っておりました。申し訳ありません。私、ルナ・シーリルは先日、ドロテア様の専属メイドのお役目を拝命しました」

「えっ……!?」

美しいお辞儀を見せるルナの言葉に、ドロテアは目を丸くした。

「ルナさんの能力や忠誠心に問題がないことは重々分かったけれど、どうしてこんなに早くに？」

「事前に陛下が、私がドロテア様の専属メイドに相応《ふさわ》しいか否かの判断は執事長に一任すると仰っておりました。そして、私の働きぶり、ドロテア様への忠誠心を見た執事長が、専属メイドにして問題ないとお役目を与えてくださったのです」

「そ、そうだったのね……」

ルナ曰く、彼女が専属メイドになったのは、ドロテアたちが『レビオル』に向かった日の午後のことだったらしい。

どうりで、ルナが専属メイドになったことをドロテアが知らないはずである。

おそらく、ヴィンスも知らなかったのだろう。知っていたら、教えてくれるはずだ。

「……とても驚いたけれど、それ以上に嬉しいわ。これからよろしくね、ルナさん……いえ、ルナ」

ドロテアはルナの手をぎゅっと握り、そう告げる。

すると、ルナはナッツに負けず劣らず、尻尾をぶりんぶりんと振りながら、満面の笑みを浮かべた。

「誠心誠意、ドロテア様にお仕えさせていただきますので、今後ともよろしくお願いいたします……！」

「ふふ、頼りにしているわね、ルナ」

「ルナ！　私とも！　私とも仲良くしてくださいっ！　同じ専属メイドとして、ともにドロテア様をお支えしましょうねっ！」

「はい……！」

嬉しそうなドロテアの姿にヴィンスがふっと笑みを浮かべると、勢いよく扉が開いた。

「解毒剤ができたぞ……！」


全員の視線が調合師であるバーフに注がれる。

彼の手には、小指ほどの小さな瓶が握られていた。その中には、薄緑色の液体が入っている。どうやらあれが解毒剤のようだ。

バーフはアガーシャの容態を確認しているシャーリィーの傍にいくと、その小瓶を彼女に手渡した。

ヴィンスとドロテアは、ディアナやデズモンドと同様にアガーシャが横たわるベッドの傍に駆け寄った。

「ほれ、解毒剤じゃ。かなり苦いが、その分効果は高いし、即効性は抜群だからの！　飲ませりゃすぐに元気になるはずじゃ！」

「バーフさん、ありがとうございます。アガーシャ様、少し体を起こしますからね」

小瓶を受け取ったシャーリィーは、小瓶の蓋を開けると、空いている方の手でアガーシャの背中に手を回す。

　デズモンドも手を貸してくれたことで、苦もなくアガーシャの体を起き上がらせることができた。

「アガーシャ、すぐ体が楽になるからな」

「……っ、うっ……ええ……」

　デズモンドがアガーシャに声をかけた直後、シャーリィーがアガーシャに見えるように小瓶を持った手を伸ばした。

「アガーシャ様、今から解毒剤を飲んでいただきます。苦みがあるのでお辛いかとは思いますが、全て飲んでください」

　コクリとアガーシャが小さく頷いたので、シャーリィーは彼女の口に小瓶を近付ける。

　少し傾ければ、アガーシャは眉間に皺《しわ》を寄せながらも、コクンと喉を鳴らした。時間をかけながら、全て飲みきったようだ。

（お願い……。早く効いて……！）

　ドロテアがそう強く願う。いや、ドロテア以外の全員も、そう願った。

　――その、すぐ後のことだった。

「……アガーシャの頬に、赤みが……っ」

　アガーシャの真っ青だった顔には血色が戻り、強張っていた表情が少しずつ緩やかなものになっていく。

うっすらと開けるだけでも辛そうだったアガーシャの目はパチリと開かれ、その目には心配そうに彼女を見つめるデズモンドたちの姿が映った。

「……皆ったら。もう大丈夫だから、そんな顔をしないで」

水分が足りていないのか、声はやや掠《かす》れている。

けれど、先程まで見ることができなかったアガーシャの穏やかな笑みを目にしたデズモンドは力強く彼女を抱き締めた。

「アガーシャ……っ」

「ちょっと、貴方……！　子どもたちの前ですよ……！」

「無理だ。今は離せそうにない」

アガーシャは恥ずかしそうにしてデズモンドを引き剥がそうとするが、強靭な彼の力に敵うはずはなく、されるがままだ。

いや、もしかしたらデズモンドの気持ちを察して、実際は引き剥がす気なんてないのかもしれないが。

「お母様……っ、良かったぁ……」

続いて、ディアナが大粒の涙を流しながらアガーシャの手を取る。その手は小さく震えていて、見ているだけでディアナの不安が伝わった。

ディアナはこの場に来てから明るく振る舞っていたけれど、本当は恐ろしくて堪らなかったのだろう。

「ごめんなさいね、ディアナ。もう大丈夫だから」

「はい……っ、はい……っ」

アガーシャはディアナの手をギュッと握り返し、ベッドサイドに立っているヴィンスへと視線を移した。

「ヴィンスも……心配をかけてごめんなさいね」

「母上……」

ヴィンスはゆっくりと床に片膝をつく。

少し躊躇いながら、ディアナの手を握り締めるアガーシャの手の上にそっと自身の手を重ねた。

「ご無事で……何よりです……っ」

「……っ」

ヴィンスは俯いていて、その表情を窺い知ることはできない。

けれど、その震えた声を聞けば、今彼がどんな顔をしているか分かる。

おそらくアガーシャも容易に想像できたのだろう。彼女の泣くのを我慢している顔が、それを物語っている。

（ヴィンス様……）

互いを愛し合う家族の姿に、ドロテアは心がじんわりと温かくなった。

――約三十分後。

アガーシャの診察中、廊下に待機していた一同はシャーリィーから診察が終わったとの報告を受けたので、寝室へと入った。

我先にとアガーシャの傍に駆け寄るデズモンドとディアナの姿に、ドロテアはふふっと笑みを零す。

（お二人とも、診察のため廊下に出るよう言われた時、かなり渋っていたものね）

よほど元気になったアガーシャと離れたくなかったのだろう。ドロテアも、相手がヴィンスだったら一時でさえ離れたくないと思うはずだ。

結局のところ、ヴィンスが「母上のために離れてください」と凄んだ顔を見せたことで、二人は大人しく指示に従ったのだけれど。

「それで、診察の結果はどうだったんだ」

アガーシャにぴったりとくっついて離れないデズモンドの代わりに、ヴィンスが問いかける。

シャーリィーは人差し指でメガネをクイッと上げると、嬉しそうにこう言った。

「もう心配はいりません！　毒による症状が一切ないことから、アガーシャ様の体内に溜まっていた毒は完全に解毒されたと考えて良いと思います！　ただ、念の為今日一日はベッドの上で過ごし、三日ほどはご無理はなさらないようにお気を付けください」

その発言を聞いていた皆は、多様な反応を見せた。

デズモンドは喜びのあまり再びアガーシャを抱き締め、そんなアガーシャは笑顔の中に、安堵が見られた。

ディアナは泣き腫らした目を細めて幸せそうに微笑んでいて、その姿を凝視するラビンは「姫様ぁぁっ！」と叫びながら号泣している。

ハリウェルやナッツ、ルナ、アガーシャの専属侍女たちは笑ったり泣いたり表情は様々だが、皆が揃って尻尾を激しく揺らしており、喜びが伝わってくる。

「分かった。二人とも、ご苦労だった」

ヴィンスに労《ねぎら》いの言葉をかけられたシャーリィーとバーフは誇らしげに微笑む。

そして、ヴィンスはというと……。

(良かった……。本当に良かった……)

大雨が上がった後の青空のように晴れやかな笑みを浮かべるヴィンスに、ドロテアもつられて頬を綻ばせた。

シャーリィーとバーフが退室すると、ベッドの左右に椅子が一つずつ置かれた。片方にデズモンド、もう片方にディアナが腰を下ろす。
どうやら、二人はしばらくアガーシャの傍を離れる気はないらしい。

アガーシャは「まったくもう……」と呟きながらも、満更ではなさそうだ。

（そんなところも可愛らしいわ）

ベッドから少し離れた位置に立っているドロテアがそんなことを思っていると、アガーシャがこちらに視線を移した。

「ドロテアさん、こちらに来てくださる？」

「は、はい」

突然呼ばれたことに驚いたドロテアだったが、すぐさまアガーシャの近くまで歩いていく。

椅子に腰掛けているディアナの隣に到着すると、アガーシャがこちらを真剣な瞳で見つめた。

「毒が体を蝕《むしば》んでいる間も、ずっと皆の声は聞こえていたわ。……ドロテアさん、助けてくれて本当にありがとう。貴女は命の恩人よ」

そして、アガーシャは深々と頭を下げる。

デズモンドとディアナはこくこくと頷いている。

「そんな……っ、頭を上げてください！　私がしたことなんて本当に些細なことですし、それも皆様の協力があってこそで……！」

アガーシャは顔を上げると、首を横に振った。

「いいえ、決して些細なことではないわ。貴女の観察力や行動力、知識などがなければ毒の正体は分からないままだったでしょう。私は今でも毒に苦しみ、家族や屋敷の皆を不安にさせ、最悪の場合、命を落としていたかもしれません。本当にありがとう、ドロテアさん」

アガーシャはもう一度深く頭を下げる。

すると、続くようにしてデズモンドとディアナも頭を下げ、こう言った。

「ドロテア嬢、妻を救ってくれたことに心から感謝する」

「お義姉様、改めてありがとうございました」

「お、お二人まで……っ」

ドロテアは自分ができることを最大限やっただけで、何も特別なことをした覚えはなかった。

アガーシャを助けたくて、ヴィンスに傷付いてほしくなくて、ただ必死だっただけだ。

「ドロテア、俺からも改めて礼を言わせてほしい。本当にありがとう。……お前がいてくれたから、俺はこれから母上とこれまでの時間を埋めることができる」

けれど、いつの間にか隣に来ていたヴィンスにもそう告げられたドロテアの心には変化が現れた。

「ヴィンス様も皆様も、お顔を上げてください」

彼らの感謝を受け入れ、少しだけ自分を褒めてあげよう。自分の能力や、努力を認めてあげよう。

そう、思えるようになったのだ。

「お役に立てて、何よりです……！」

――それに、今一番伝えたいことを言わなければ。

「陛下がご無事で……本当に良かったです……！」

ドロテアの頭にぽんと優しく手をおいたヴィンスに、そっと手を握り締めたアガーシャ、尻尾をぶりんっと揺らしながら花が咲いたような笑顔を向けるディアナに、我が子を見るような慈しみの眼差しを向けるデズモンド。

疑いようのない愛情を向けられたドロテアは、あまりの幸福感に涙が出そうだった。


それから少しして、ヴィンスとドロテアは本格的に動き始めた。

アガーシャの解毒が成功した今、解毒剤の効果は証明された。住民たちの体調不良の原因も、家臣たちの働きによりクヌキの木の影響であることがより濃厚になったため、すばやく解毒剤を住民に配布する必要がある。

「ラビン、さっきも言ったが、お前はこの屋敷の家臣たちとともに動いてくれ。まずは調合師のもとに行き、調合できる解毒剤の数を確認。更に、サフィール王国にミレオンを追加輸入したい旨を連絡。手が空いている者には、重症の者から順に配布させろ。子どもや基礎疾患を持つ者は毒の進行が早い可能性が高いため、特に優先しろ」

「かしこまりました」

ヴィンスはアガーシャの侍女の一人にラビンを家臣たちのもとに案内するよう命じた。

そして、二人が寝室をあとにすると、ドロテアはヴィンスに進言した。

「ヴィンス様、一つよろしいでしょうか。クヌキの木を暖炉の薪として活用する場合、煙突が正常に動いていれば室内に毒が充満することはないと先程言いましたが、今後はクヌキの木を薪として使用することは禁止されたほうがよろしいかと」

住民たち全員が煙突の管理を完璧にできるとは考えづらい。

何より、現時点では煙突から排出された毒については人体に影響はないと考えているが、この毒は蓄積型だ。一ヶ月、半年、五年とこの煙を吸い続ければ住民全体が毒に冒されてしまう危険性がある。

「ああ、そうだな。——クヌキの木を加熱燃料として使用するのを禁ずるのと同時に、この屋敷や住民たちの家に備蓄されているクヌキの木も漏れなく回収する」

「それでよろしいかと思います。暖炉を使用しなくてはこの寒さは乗り切れないでしょうから、すぐに代わりの薪を手配し、毒に冒されている間に働けなかった方々の給与や病院への受診代の補助、更に肉体的、精神的苦痛に対する補償など、諸々考えなければなりませんね。微力ですが、私もお手伝いいたします」

「助かる。ドロテアがいてくれるならどうにかなりそうだ」

国がクヌキの木を木材として使用する許可をしたことによる、今回の被害。

しばらくは事態の収束が急がれるだろう。それが終われば、住民たちを危険な目に遭わせたことへの説明と謝罪、補償を誠心誠意行わなければならない。

（ヴィンス様とともに、時間をかけて住民の皆様に寄り添わなければ）

ドロテアは拳をぎゅっと握り締める。

すると、アガーシャの傍にいたデズモンドが立ち上がり、こちらに歩いてきた。

「住民たちへの対応などは、私にも力にならせてくれ」

「父上が？」

「もともと、クヌキの木の採蜜に期限があることが立証された時に、木材として使用したいと言い始めたのは私やこの屋敷の家臣たちだ。私たちの責任は大きく、ヴィンスやドロテア嬢だけが背負うことではない」

デズモンドの声色から、切実な感情が伝わってきた。

何もしないなんて気が済まない、という思いも。

「分かりました。父上と母上が『レビオル』に来たことで『アスナータ』との小競り合いが減ったこともあり、お二人はこの一帯の住民たちから多大な信頼を置かれている。……協力をお願いします」

「もちろんだ」

これで、クヌキの木についてと『レビオル』の住民たちへの対応については、方向性が固まった。

ドロテアは口元に手をやって、ポツリと呟く。

「あとは『アスナータ』の住民たちについてですね……。彼らを助けるために情報を教えるか、否か……」

獣人たちを一方的に嫌っている隣国『アスナータ』。

そんな彼らも十中八九、クヌキの木の毒に冒されているはずだ。

まだ解決策を見出せていないどころか、原因を突き止められていない可能性だって低くはない。

（確か、『アスナータ』はサフィール王国からミレオンを輸入していたはず。医療についてもレザナードと大した差はないから、今回の住民の体調不良がクヌキの木の毒であることを調べれば、迅速な対処ができる可能性は高い……）

けれど、この土地に住む者で『アスナータ』に好感を抱いている者はないに等しい。もちろん、ヴィンスやデズモンドも同様だろう。

（私の個人的な気持ちとしては、救える命があるのならば情報を提供したいけれど……）

国家間の問題に個人的な感情を優先するわけにもいかず、ドロテアは口を噤んだ。

「『アスナータ』が友好国であれば諸々の情報を教えただろうが、相手は俺たちを敵対視しているからな……。正直、教える理由はない」

ヴィンスの言葉に、デズモンドが続く。

「……ああ。それに、そもそも情報を伝えるにしても、獣人の我々の言葉を彼らは信じないだろう」

「…………」

確かにその通りだ。匿名で手紙を送ったとしても、国の中枢まで届かないか、怪しまれて終わりの可能性もある。

致し方ないとはいえ、なんだかやりきれない。

ドロテアがぐっと眉尻を下げると、先程まで壁際で待機していたハリウェルがすぐ傍まで来ていた。

「実は『アスナータ』のことで、もう一つご報告をしなければならないことがあります」

第四十八話 ✦ アスナータとの確執

「話してみろ、ハリウェル」

　ヴィンスに許可を得たハリウェルは、ありがとうございますと頭を下げてから、気まずそうに口を開いた。

「実は国境付近に滞在している時に、『アスナータ』の者たちが一方的に獣人を嫌っている理由を聞いてしまいまして……」

「……！　それは本当ですか、ハリウェル様」

「はい。『アスナータ』を救うか否かを判断されるのでしたら、この話は聞いていただくべきかと思いました」

　ヴィンスとデズモンドがパッと目を合わせる。

　ハリウェルの言い方からして、おそらく『アスナータ』側に何かしらの事情があるのだろう。

「それで、理由は何だ」

　落ち着いた声色でデズモンドが話を促した。

「事件が起こったのは、今から約十五年前です」

当時の『アスナータ』と獣人国は、今のように不仲ではなかった。

友好国ではなかったものの、互いに領土を侵さない、民を傷付けないという条約が結ばれていた。

どちらの国も、家族や仲間を大切にするという思いが強かった。考え方が似た両国の者たちは、この条約が半永久的に続くと信じて疑わなかった、のだけれど。

「当時八歳だった『アスナータ』の王太子が、両国の国境がある森で、我々獣人に誘拐されそうになったのです」

「「「……!?」」」

「森……だと……」

ドロテアとヴィンスが言葉を失う一方で、デズモンドがぽつりと呟く。

「信じがたい話ではあるのですが、獣人が王太子の腕を掴み、無理やり連れて行こうとするところを見たという複数の目撃者がいたようで……」

ハリウェルの言葉が、ドロテアの思考に重たくのしかかる。

(信じられない。……ううん、信じたくない……)

確かに獣人にも色々な性格の者がいる。

セグレイ侯爵やフローレンスとのことで、そんなことは重々分かっている。

けれど、まだ幼い子を誘拐しようとするなんて、人の心を持ったもののする所業じゃない。

ヴィンスも同じように思っているのだろう。眉を顰めたその表情がそれを物語る。

デズモンドは訳が分からないといった困惑の表情を浮かべていた。

「その目撃者たちが王太子に駆け寄ると、同時にその獣人は立ち去ったようです。……この王太子誘拐未遂事件のことは、すぐに『アスナータ』内に広まりました。そして、結果的に『アスナータ』側から一方的に条約を破棄された、ということです」

ハリウェルの言っていることが真実ならば、『アスナータ』側が条約を破棄することも、獣人たちを嫌うことも理解できる。

しかし、ドロテアは不可解だと言いたげな眼差しでハリウェルを見つめた。

「……けれど、何故その理由をヴィンス様たちがご存じないのでしょう？　一方的な条約の破棄を呑むとしても、最低限の説明くらいは求めたのではないですか？」

「ドロテア様、申し訳ありません……。それは私にも分かりかねます」

ハリウェルが申し訳なさげにそう告げた直後のことだった。

「ドロテア嬢、ここからは当時国王の座にあった私から話そう」

デズモンドは低く、けれど弱々しい声で話し始めた。

「『アスナータ』から届いた条約を破棄したいという旨の書状には、その理由が書かれていなかった。思い当たることもなかった私は、『アスナータ』の国王に謁見の申請をした」

しかし、その許可は下りなかった。

『アスナータ』の国王は獣人が人間よりも腕力などが遥かに勝ることを知っていたため、直接会うことを拒んだのだと、当時のデズモンドは判断した。

しかし、その代わりにもう一通の書状が届いたという。

「その手紙には、『獣人などという野蛮で腐った生き物と結ぶ条約はない』と書かれていた。獣人全体を冒瀆《ぼうとく》されたこと、この国の方が『アスナータ』より大きく国力が勝っており、争いになってもこちらの被害はほとんどないことが分かっていたから、私はそれ以上歩み寄ることはしなかった」

（なるほど……。そういうことだったのね……）

当時のデズモンドの判断は間違っていないとドロテアは思う。

条約破棄の理由を伏せ、獣人を冒瀆してくるような『アスナータ』側に対して、獣人国側が下手に出る必要なんてない。

（けれど、まさか獣人のどなたかが『アスナータ』の王太子を誘拐しようとしたなんて……。これが本当ならば、条約を破棄させるような原因を作ったのはこちら側だわ……）

『アスナータ』は、怒りのあまり理由を言わなかったのか。己たちで気付けと、そう思ったのか。

もしくは、それを言葉にしてしまえば、怒りが増幅して戦争になってしまうと思ったからなのか。

直接対面しなかったのも、そう思ったからなのかもしれない……。

（でも、やっぱり信じられない。他国の王太子を誘拐しようとするなんて……）

それに、もしもそれが本当だったとして、何が目的だったのだろうか。

考えられるのは身代金だが、そんなにお金に困った者が、どのようにして他国の王太子の顔や居場所を知ったというのだろう。そもそも、当時幼かった王太子が国境に跨る森に来ていたことも引っかかる。

（何か、ある気がするのだけれど……）

ドロテアは必死に頭を回転させた時、デズモンドがおもむろに口を開いた。

「だが……どのような手を使っても、その理由を問いただせば良かったと思っている。……そうすれば、こんな関係になる前に誤解は解けたというのに」

瞬きを忘れ、ドロテアたちはデズモンドを凝視する。

「父上、それはどういう――」

「あの日起こったことは、誘拐未遂などではない。森の探索に夢中になって国境を越えてしまった王太子を、『アスナータ』の領土に入るところまで送り届けた姿を、誤解されてしまったんだな……」

まるでその場を見ていたかのように語るデズモンドの言葉に、ドロテアたちは「まさか……」と唇を震わせた。

「王太子を領土まで送り届けたのは……当時『レビオル』に視察にやってきていた、私だ」

——それは、チラチラと雪が降る日のことだった。

『レビオル』で発見されたクヌキの木は、甘みが強く栄養価や美容効果も高いことから、獣人国で人気を博していた。

自然でもほんのりと甘い蜜は、煮詰めれば砂糖と匹敵するほどに甘くなる。栄養価や美容効果も高く、たちまち獣人国で人気になった。

「その噂を聞きつけた他国の商人たちがこぞってクヌキの蜜を扱いたいと言い出してな。この国の特産物の目玉になると考えた私は、一度現物を見るために『レビオル』を訪れ、数名の部下たちとともに森に入った」

当時、クヌキの蜜は主に『アスナータ』との堺の森にあるクヌキの木から採られていた。

クヌキの木は、いくつかの場所にまとまって生えているため、皆がバラバラになって散策した。

しかしその時、デズモンドの前に一人の少年が現れたのだ。

「それが、『アスナータ』の王太子……」

「そうだ、ヴィンス。獣人である私の姿に驚き、更にこの場所がレザナードの領土だと伝えると、彼——ロス王太子は慌てふためいていた」

「……何故、王太子ともあろうお方が、森にお一人で……？」

なにせ、王太子ともあれば、城内であってもあまり一人になる機会はないだろうに。

ドロテアの問いかけに、デズモンドは答えた。

「連日の厳しい王太子教育で城に閉じこもってばかりだった彼は、たまには自由になりたかったらしい。そして、初めて訪れた森の散策に気持ちが高揚し、自然に魅了され、いつの間にか森の奥深くに入り、国境を越えてしまっていたようだ」

森の中に入ってしまえば、慣れた者でも迷うことがある。

初めて森に足を踏み入れた八歳の少年がどうかなんて、言わずもがなだろう。『アスナータ』の方向を教えたところで、一人で帰れるはずがない。

「何の理由もなく、他国の領土に足を踏み入れることは処罰の対象だ。……しかし、彼はまだ八歳で、領土に侵入してしまったのは偶然で悪意がないことは明白。だから私は、『アスナータ』まで送ってやると言って、王太子の手を取った」

その道中、天候が荒れて吹雪が吹き荒れても、ロスは決して弱音を吐くことはなかった。

ただ、その表情はとても暗かった。おそらく、勉強をサボった上、一人で城から逃げ出したことがバレれば、父親である『アスナータ』国王に激怒されることになる。それを恐れたのだろう。

『アスナータ』国王は国や民、家族などをとても大切に思う善良な王であったが、怒り始めると手が付けられないタイプであることをデズモンドは知っていたのだ。

「それからしばらく歩き私たちが両国の国境間際に到着すると、王太子の名前を呼ぶ声が近付いてきた。間違いなく護衛たちの声だと王太子は言っていた。だから、王太子を護衛たちのもとに連れていき、こうなった経緯を説明しようと思ったのだが……」

ロスの暗い表情を思い出し、デズモンドは足を止めた。

「もしも、隣国の国王である私がロス王太子を保護し、領土を侵した上で迷子になっていたところを救ったと『アスナータ』国王に伝われば……王太子としての責務から逃げ出した挙げ句、隣国の国王に迷惑をかけたとして王太子の罰が重たくなると考えた」

王太子の行動は、最悪の場合国際問題に発展していたかもしれない。将来王になる立場として、あまりにその行動は浅はかなのは間違いなかった。

多くの人に心配をかけ、王族という立場を正しく理解していないロスが、厳しい罰を受けるのも致し方がないことなのだろう。

「しかし、彼はまだ幼い。私は、彼を一人で護衛たちのもとまで行かせることに決めた。その代わり、彼に約束させたんだ」

『領土を侵したこと、私にここまで連れてきてもらったことは言わなくて良い。……その代わり、心配をかけた者たちには心から謝罪するんだ』

デズモンドは腰を折り、幼い少年の両手をぎゅっと握りながらそう告げた。

そして、ごめんなさいと言いながら、わんわん泣いているロスから離れ、その場をあとにした。

「だというのに、何故『アスナータ』はそのような誤解を……」

ドロテアの疑問に答えたのは、ヴィンスだった。

「おそらく、父上が王太子の手を握り、彼が泣いているところを護衛に見られてしまっていたんだろう。そこで、獣人が王太子を誘拐しようとしていたと誤解された」

「なるほど……。更に吹雪のために陛下の顔まではは っきりと見えず、獣人というところまでしか分からなかった、と……」

現在、狼の獣人は王族の血を継いだ者しかいないが、狼の獣人はよく見なければ犬や狐とも区別が付きづらいため、まさか王族だとは思わなかったのだろう。

「けれど、王太子が誤解であることを説明してくだされば、このようなことにはならなかったはず……」

ドロテアがそう呟くと、デズモンドが悲しげに表情を曇らせた。

「その通りだ。誤解をそのままにすれば自分が被害者側になれると思ったのか、もしくは一旦は否定したものの、噂が広まってしまい、最終的に認めてしまったか……」

「……それで、父上はどうされたいのですか？　理由はどうあれ、こちらの善意を悪意で返されたのです。『アスナータ』にクヌキの木の情報を教える必要は、俺はやはりないと思いますが」

「…………」

訪れる静寂。それを破ったのは、ベッドに横になって話を聞いていたアガーシャだった。

「貴方、『アスナータ』の人々を救って差し上げて。どんな理由があれ、尊い命が奪われるのは悲しいわ」

「アガーシャ……」

「それに、貴方はロス王太子殿下のことを、信じたいのでしょう?」

——そう、デズモンドは信じたかったのだ。あの日、涙で顔をぐしゃぐしゃにしていた少年のことを。

どうやらアガーシャには、デズモンドの気持ちなどお見通しだったらしい。

デズモンドは「敵わんな……」と言って、ヴィンスに向き直った。

「『アスナータ』が我々を嫌う理由が間違いであることが分かった今、私は誤解を解き、クヌキの木の情報も与えたいと思っている」

まったくもうと言わんばかりに、ヴィンスは優しげな溜め息を落とした。そして、窓の外をちらりと見る。

「分かりました。吹雪も収まってきましたし、早急に『アスナータ』に遣いの者を送り、謁見を申請します。民たちの原因不明の体調不良について話があると言えば、さすがに無下にはしないでしょう」

「頼む。騎士たちを引き連れて行けばより警戒されるだろうから、『アスナータ』には私一人で向かう」

デズモンドは、『アスナータ』にあらぬ誤解を生ませてしまった責任の一端が自身の行動にもあると感じていた。

そのため、自分一人でけじめを付けに行くつもりだったのだけれど。

「何を言っているんですか。俺もともに行きます」

「ヴィンス……」

「父上はやや口下手ですし、この国の王は俺ですから」

「……すまない。頼りにしている」

逞《たくま》しくなった息子の肩に、デズモンドはポンと手を置いた。

それからすぐに早馬を飛ばし、数時間後には『アスナータ』から謁見の許可の返答が届いた。

ベッドから起き上がれないアガーシャと、そんなアガーシャの傍にいるディアナの代わりに、正装に袖を通したヴィンスとデズモンドの見送りに玄関にやってきたドロテアは、二人に向かって深く頭を下げる。

「……どうか、お気をつけて」

「ドロテア、顔を上げろ」

ヴィンスの命に従い、ドロテアは顔を上げる。

獣人を嫌っている『アスナータ』に向かう婚約者が心配で堪らなかったけれど、ドロテアは凛とした眼差しで彼を見つめ返した。

「ドロテア、俺たちが戻るまでの間この屋敷のこと皆たちのことを頼む。任せたぞ」

「承りました。……ヴィンス様、行ってらっしゃいませ」

再び深く頭を下げれば徐々に小さくなっていくヴィンスとデズモンドの足音。

無事に戻ってきてくれますようにと、ドロテアは心から願った。

第四十九話 ✦ やれることをやりましょう

ヴィンスたちの帰りを待つ間、屋敷内はかなりバタついていた。

「ラビン様、手が空いている方がいたら、調合師であるバーフ様を手伝うよう伝えてください。薬草の洗浄や、解毒剤の数の確認などに当たらせてください」

「かしこまりました！」

アガーシャのために作った解毒剤の残りは、既に屋敷の者の手によって重症の住民たちに配られ始めている。

残りの者たちにはこれからだ。バーフが解毒剤を調合し次第、屋敷の者たち一同で配布していく。『レビオル』の街はそれほど大きくなく、体調不調者の人数や住まいの場所を事前に把握していたこともあって、かなりスムーズに進んだ。

懸念だったミレオンも足りそうだ。

後日、毒症状が現れる者がいることも想定してミレオンの追加輸入は急がれるが、既にクヌキの木を薪として使用するのを禁ずる旨は住民たちに伝達してあるため、今後はそれほど被害は拡大しないだろう。

（解毒剤については屋敷の皆さんにお任せして大丈夫そうね。それに、ラビン様がいらっしゃるもの）

ラビンは普段、ヴィンスにからかわれたり、徹夜のせいで書類に埋もれたりなど頼りなさげな姿を見ることが多い。

だが彼は元来とても優秀な人なのだ。なんだかんだヴィンスがラビンを頼りにしているのがその証拠である。

（……それなら、私はクヌキの木に替わる木材燃料の手配を）

『レビオル』の地で、暖が取れないのは命の危機にすらなり得る。早急に対処しなければならない。

（さあ、急ぎましょう）

ヴィンスに屋敷のこと、民のことを託されたドロテアは、一心不乱に屋敷の中を動き回り、働いたのだった。


ドロテアが自室に戻ったのは、日付が変わる頃だった。

ヴィンスが去ってからプシュのことはナッツに任せてあったのだが、彼は既にベッドで眠りについていた。ドロテアの匂いが付いたシーツを体に巻き付けている姿が、とんでもなく可愛らしい。

「プシュくん、ただいま……。ああ、可愛過ぎる……。もふもふしたいけれど、触ったら起こしてしまうわよね」

プシュに伸ばした手をひゅっと引っ込めたドロテアは、ふかふかのソファに深く腰掛けた。

「ドロテア様、お疲れ様でございます」

ルナが急いでお茶を準備し始める。

そういえば、しばらく食事はおろか、水分も摂っていなかった。

「お疲れ様でございますっ！　すぐにお食事の準備をいたしますね！」

同時にナッツがサラダやサンドイッチなどの軽食を手早くテーブルに並べてくれた。

ドロテアが仕事に切りをつけたタイミングで、ナッツは厨房を借り、自ら作ってくれたようだ。

「二人とも、お疲れ様。それにごめんね。貴女たちまで、こんなに夜遅くまで働かせてしまって」

「何を仰いますかっ！　ドロテア様が頑張っていらっしゃる中、私たちだけ休憩するわけにはまいりません！　ね、ルナ！」

「ええ、その通りですわ。ドロテア様が大変な時こそ、私たちは貴女様のお傍に。……専属メイド、バンザイ」

（ん？　何か言ったかしら？）

最後の方がはっきり聞こえなかったけれど、ルナが笑顔だからまあ良いか……。

ドロテアはルナが淹れてくれた紅茶で喉を潤してから、ナッツが作ってくれたサンドイッチを口に運んだ。

もぐもぐ、もぐもぐ。

若干マスタードの存在感が強めだが、ナッツが手ずから作ってくれたのだと思うと、それは小事だ。気を抜くと涙が出そうになるのは、感動しているからであって、マスタードの辛味が鼻にツンときたからではない。……決して。

「ふぅ……。美味しかったわ。二人ともありがとう」

それからドロテアは湯浴みを済ませ、亜麻色の夜着に着替えると二人を下がらせた。

あまりの疲労からか、部屋を去る際の二人の尻尾に無意識に手を伸ばしていた自身には、心底引いたものだ。

（あ、危なかったわ……。癒やしを求めて勝手に手が……。変態だわ……）

それに、ヴィンスに俺以外の尻尾や耳を触るなと言われているのに、約束を破ってしまうところだった。

厳密に言うと、ナッツの尻尾に顔を埋めたこともあるし、プシュのことはベタベタ触っているのだが、それはさておき……。

「ヴィンス様、まだお帰りになっていないのかしら……」

ドロテアは夜着の上にコートを羽織ると、窓を開いてバルコニーに出た。

この部屋は屋敷の正面入口の真上にあるため、ヴィンスが帰ってきた際にはいち早く気付けると思ったからだ。

風の向きのせいか、バルコニーにはそれほど雪が積もっていないのは、幸いだった。

昼間の吹雪とは打って変わって、雲一つない空だ。

満天の星と美しい月のおかげで、漆黒がぼんやりと照らされている。

肌を突き刺すような冷気は、湯浴みで火照った体にはちょうど良かった。

（スムーズに誤解が解けたなら、そろそろヴィンス様たちが帰ってきても良い頃だと思うのだけれど……）

話し合いが難航しているのか、そもそも聞く耳を持ってもらえていないのか。

（それとも、まさか）

いくら『アスナータ』とはいえ、強靱な肉体を持つ獣人――それもヴィンスとデズモンド相手に強硬手段は取らないとは思うが、万が一ということもある。

（ヴィンス様……）

体も脳みそも疲れているのに、心配で眠れそうにない。

屋敷の者たちと働いていた時はヴィンスのことをあまり考えずに済んだけれど、一人になると彼のことが頭から離れなかった。

「お願い……早く帰ってきて……」

両手をぎゅっと顔の前で絡ませて、強く願ったその瞬間だった。

「ドロテア」

名前を呼ばれたと思ったら、柵の少しだけ積もった雪の一部がポトンと落ちたのが視界に入った。

「えっ」

顔を上げれば、その人はバルコニーの上にしゃがみこむようにしてこちらを見つめている。

月と見紛うほどの美しい金色の瞳に、夜空に溶けてしまいそうな漆黒の髪と耳と尻尾。

「ヴィンス様……！」

「ただいま、ドロテア」

柵から下りたヴィンスに、ドロテアは堪らず抱き着いた。

「おかえりなさいませ……っ」

背中に回されたヴィンスの力強い腕に、ドロテアは身を預けた。


それからどのくらいの時間、抱き締め合っていたのか、ドロテアは覚えていない。

ただ、ハッと気付いた時には、ヴィンスに抱き抱えられたまま室内に入っていた。いわゆる姫抱きをされていて、足がプランと浮いている。

「あら!?　い、いつの間に……!?」

「ドロテアがあまりにもしがみついてくるから、お前ごと室内に移動した」

「お疲れのところを申し訳ありません……っ」

しゅん……と落ち込むドロテアだったが、無意識に彼の服を摑んでしまっていた。

ヴィンスはうっすらと目を細め、意地悪く微笑んだ。

「……お前は本当に可愛いな」

「はい……!?」

その時ようやく、ドロテアはヴィンスの服を摑んでいることを自覚してパッと手を離す。

ヴィンスが丁寧に床に下ろしてくれたので、ドロテアは一歩彼から後退した。

そして、羞恥心を隠すために半ば無理矢理話題を切り替えた。

「何故バルコニーにおいでになったんですか？」

ヴィンスはコートを脱ぎながら、さもありなんというように答えた。

「屋敷の正門にそろそろ着くかという頃に、ドロテアがバルコニーにいるのが見えたからだ。馬は父上に任せて跳んできた」

獣人が跳躍力にも優れていることは、ドロテアは何度か身を以て体験しているため、疑う余地はない。夜目が利くのもしかりだ。

「な、なるほど」

「ああ。一刻も早くお前に会いたかったからな」

「……っ、そう、でしたか」

ドロテアはヴィンスから正装のジャケットを受け取り、それをハンガーに掛ける。

コートが湿っているのは、雪の影響で間違いないだろう。今はもう降っていないが、少し前まで雪がちらついていたはずだ。

「ヴィンス様、湯浴みをされますか？　先にお食事をされてから湯浴みにしますか？」

いくらヴィンスとはいえ、体が冷え切っているのではないか。そう考えたドロテアの提案に、ヴィンスはニヤリと口角を上げた。

「……湯浴みは、ドロテアが体を洗ってくれるのか？」

「!?　なっ、何を言って……！」

「ああ、なんだ。体を洗うだけじゃなくて、一緒に入りたかったのか？」

ぶわりとドロテアの顔が真っ赤に染まる。なんだか今日は、ヴィンスがとっても意地悪だ。

「ち、違います……！　それに私は既に湯浴みは済ませました！」

「くくっ。それは残念だ。……じゃあ、ともに風呂に入るのは結婚してからの楽しみに取っておこうか」

「〜〜っ」

いや、確かに結婚をしたら、そういうこともあるかもしれないけれど、今言わなくても良いのに……。

ヴィンスは間違いなく、ドロテアの反応を楽しんでいるのだろう。

（でも、こんなやり取りも嫌じゃないんだから困る……）

結局惚れた方が負けなのだ。ヴィンスの甘美な意地悪も、それ丸ごと愛おしいのだから。

「ドロテア」

「は、はい」

ボスン、とベッドに腰掛けたヴィンスがおいでと手招きしてくる。

（もしかして、ヴィンス様は、湯浴みやお食事よりもマッサージがご希望なのでは？）

乗馬はかなり足腰が疲れるというから、おそらくそうなのだろう。

それならばそうと言ってくれれば良いのにとも思うが、未来の妻としてそれくらいさらりと気付いて差し上げるべきだとも考えたドロテアは、スタスタと彼のもとに歩いた、のだけれど。

「きゃっ」

突然、手首が捕らわれたと思ったら、ヴィンスの方に引っ張られてしまっていた。

そして、気付いた時にはヴィンスの両太腿《ふともも》の間にすっぽりとはまるように座らされており、背後から抱き締められていた。

「ヴィンス様……!?　どうされ――」

「……悪いが、少しだけ温めてくれ」

（や、やっぱり寒いんじゃないですか！）

湯上がりのドロテアの体がぽかぽかと温かいからか、ヴィンスは首筋に顔をグリグリと押し付けてくる。

首筋に当たるヴィンスの鼻先がかなり冷たい。まるで氷みたいだ。

唇はまだマシだが、それでもいつもよりも冷えていて……。

「……って、ひゃっ……！」

背後から首筋を生ぬるい舌でべろりと舐められたドロテアは、小さく体を揺らした。

飛び跳ねるくらいには驚いたのだが、ヴィンスに拘束されているためにほとんど動けなかったのだ。

「はは、良い反応だ」

「……っ、ヴィンス様！　お体が冷えているから私で暖を取っているのでは!?」

「……そういえばそうだった。ドロテアが傍にいると、ついな。許せ」

と言う割に、ヴィンスはドロテアの首筋から顔を退けることはなく、今度はひんやりとした唇ではむはむと啄《ついば》んでくる。

「あっ……」

時折優しく歯を突き立てられ、ドロテアの体にはゾクゾクと羞恥心と快感が駆け巡る。

色香を含んだ声まで漏れてしまったドロテアは、我慢の限界を迎え、勢いよく体を振り向かせた。

「もうだめです……！　これ以上するなら、怒りますからね……！」

頬を真っ赤に染め、目にうっすらと涙をためて睨み付けてくるドロテアの様子に、ヴィンスは瞳に興奮を宿した。

「……そんな可愛い顔で言われてもなぁ。むしろ戯れが止まらなくなりそうだ」

「……んっ!?」

ヴィンスはドロテアに軽く触れるだけの口付けを落とすと、満足そうに微笑みながら彼女を拘束していた手を解く。

それから、ドロテアの細い腰を掴んで軽く持ち上げ、自分の隣に座らせた。

「一旦これで我慢しておいてやろう。『アスナータ』のことも話さないといけないしな」

「是非、是非お話を聞かせてください、よろしくお願いします！」

半ば自暴自棄になったドロテアがそう言うと、ヴィンスはくつくつと笑う。

そして、ドロテアが冷静さを取り戻したタイミングで、ヴィンスは話し始めた。

「結論から言うと、『アスナータ』国王との謁見は成功だ。誘拐未遂事件の誤解は解け、住民たちの体調不良の原因が燃やしたクヌキの木が発する毒であることと、ミレオンを使った解毒剤についてもしっかりと伝えることができた」

「本当ですか……！　良かったです……っ！　ホッとしました」

胸に手を置いて安堵の表情を見せるドロテアを見ながら、ヴィンスは言葉を続ける。

「実は謁見の際、国王だけでなくロス王太子の姿もあってな。彼は父上を見るなり、泣きながら頭を下げた。『あの時は助けてくれたのに、こんなことになって申し訳ありませんでした』とな」

実は、ロスは森の中で護衛たちに保護された際、獣人に誘拐されそうになっていたのではと護衛たちにきつく問いただされたらしい。

護衛たちは、ロスが勝手に屋敷を飛び出して森に行くほどに自由を求めているとは思わなかったのだろう。

ロスはその場ではしっかりそうではないと否定したが、やはり父親に怒られるのが怖く、また城の者たちに軽蔑されるのも怖くて、デズモンドに言われた通り詳細は話さなかった。その代わりに、心から謝罪したそうだ。

しかし、逆にそんなロスの姿が、護衛たちに不信感を与えた。

もしかしたら、ロスは獣人に誘拐されかけた上、何も話すなと脅されているのではないのか、と。

そう考えた護衛たちは、その可能性も考慮した上で『アスナータ』国王にこのことを報告した。

国王もまたロスが屋敷を飛び出して森に行ったとは露にも思わなかった。更に、獣人に手を捕まれ泣いていたロスの姿を護衛たちが見ていたことから、『アスナータ』国王は報告を鵜呑《うの》みにした。

ロスに確認しなかったのは、この話をすれば恐怖体験を思い出し、息子の心がまた傷付いてしまうのではと、妻である王妃に止められたからであった。

——そして、すぐに『アスナータ』は一方的にレザナードとの条約を破棄した。

「ロス王太子は、そのことを事後報告されたそうだ。加えて、すぐに『アスナータ』国内全体にロス王太子が獣人に誘拐されそうになったという噂は広がった。……ロス王太子は事の重大さに気付いたが、だからこそ今更何も言えないと口を噤むことを選んだようだ」

「これほど大事になってしまうと、全てを打ち明ければ怒られるだけでは済まないでしょうしね」

「ああ。だが父上の顔を見たロス王太子は、罪悪感に耐えきれなくなったのか……それとも、十五年前のあの日の父上との約束を思い出したのか、謝罪し、全てを話してくれた」

その後、ヴィンスたちは国王や王妃からも謝罪を受けた。

親子揃ってわんわん泣く姿にヴィンスはかなり呆れながらも、とりあえずクヌキの木や解毒剤についての話を済ませた。

「酷い仕打ちをしましたのに、我が国の国民を救う手立てを教えてくださるなんて～！」と、余計に涙する国王たちは、若干鬱陶しかった。

デズモンドは終始、ロス自らが獣人の悪評を流したわけではないことにホッとしていたが。

「ふふ、でも本当に良かったです。……とはいえ、『アスナータ』のしたことはあまりにも愚かです。どうされるおつもりですか？」

「それなら問題ない。まず、ロス王太子自らが十五年前のことを国民に説明すること。更に新聞や掲示板に絵も用いて、必ず全ての国民に獣人への悪印象を払拭させるよう話をつけた。それができ次第、今度は両国で貿易を行う。もちろん、こちらが特段有利な条件でな。これまで何かといちゃもんを付けられたんだ。この程度の条件はのんでもらわねば」

『アスナータ』の伝統工芸品に、質の良い果実、鉱脈で採れる珍しい宝石、その他諸々。

『アスナータ』はこれらを破格の条件でレザナードに輸出しなければならないわけだが、確かにヴィンスの言う通りこの程度で済んだと思ったほうが良いだろう。

もしも戦争にまで発展していたとしたら、『アスナータ』は地図から消えていただろうから。

「『レビオル』の住民たちにも、近いうちに『アスナータ』とのことは説明する。すぐ蟠りが消えることはないだろうが、父上や母上にも協力してもらうつもりだ」

ヴィンスが両親に対して頼るという選択肢が芽生えたこと。そして、それを選べたこと。

ドロテアは、それが心の底から嬉しい。

「次はドロテアの話が聞きたい。俺たちがいない間の住民たちへの対応はどうなったんだ？」

「こちらも、皆様の協力のおかげでとても順調に進みました。現時点で毒症状が現れている方全てに解毒剤の配布は完了し、クヌキの薪の回収並びに、数日分の別の木材燃料の搬送も終えました」

「そうか。ご苦労だった」

ヴィンスからの労いの言葉に、ドロテアは頬を緩める。

最悪の状況は脱しただけで、まだまだやらなければいけないことは山ほどあるが、今だけは喜びに浸っても良いだろう。今日の自分の頑張りを認めてあげることが、明日への糧に繋がる気がする。

「世話をかけたな。ドロテアにも、屋敷の者たちにも」

「いえ、お役に立てて良かったです。明日、皆にもお言葉を掛けてあげてくださいね」

「ああ。それとさっき父上にも話したんだが、『レビオル』での滞在を少し延ばす。住民たちにしっかり説明しないとな」

「かしこまりました。微力ながらお手伝いさせていただきます」

「頼む。……とはいえ、とりあえず今日のところは一旦終《しま》いだ」

ヴィンスはそう言うと、ボスンと後ろに倒れた。

普段、こんな姿のヴィンスはあまり見たことがない。やはり相当疲れているようだ。

枕の近くでぐっすり眠っているプシュの方に体を傾けたヴィンスは、ふっと鼻で笑った。

「こいつは気楽そうでいいな。……ぐっすり寝やがって」

つんつん。ヴィンスは優しい力でプシュの背中を触る。

（……まあ。こんなに穏やかな目でプシュくんを見つめるヴィンス様は初めてだわ）

いつもは割とプシュのことを邪険にしているヴィンスだが、なんだかんだ可愛いと思っているのかもしれない。

もしくは、あまりに疲れすぎてプシュに癒やしを求めているのか……。どちらにせよ、二人の光景にドロテアは癒やされっぱなしである。

「ドロテアも疲れただろ。お前も寝転べ」

そんなことを考えていたドロテアだったが、またもやヴィンスに手首を捕らわれてしまい、ボスンとベッドに横になった。

「ヴィンス様、急にはおやめくださ、っ……」

不満を言おうとヴィンスの方を向いたところで、ドロテアは息を呑む。

（お、お顔が近い……！）

吐息が顔にかかるような距離感は、別に初めてじゃない。なんならさっきキスだってした。

顔が近いくらいでは、もう過度な緊張はしないと思っていたのだけれど、ベッドの上だと話が違ったらしい。

ドロテアは堪らず、ヴィンスから離れようと寝返りを打とうとした。

「こら、逃げるな」

「!?」

しかし、腰に手を回されて身動きが取れなくなってしまう。しかも、より一層距離も近くなった。

それだけでも余裕がないのに、足と足が僅かに触れ合うことで、余計に体に熱が帯びる。まるで逆上《のぼ》せたみたいな感覚だ。

（あ……キスされる……）

吸い込まれそうなほどに美しい金色の双眼のヴィンスが、徐々に近付いてくる。彼に見つめられると、流されてしまいそうだ。

「あ、あのヴィンス様……お疲れだと思いますので、お部屋に戻って休まれるのはいかがでしょう？ ほ、ほら、湯浴みやお食事もまだですし……」

けれど、ドロテアは自身の口元を手で覆い隠すようにして、そう告げた。

おそらく明日も多くの仕事があるだろうから、ヴィンスには早く休んでほしかったのだ。

「ドロテアは休むのか？　俺がここにいたら休めないというなら、出ていくが」

ヴィンスの不満げな問いかけに、ドロテアは口元から手を離し、動揺を見せた。

「……い、いえ！　そういうことではありません……！」

「なら俺はもう少しここにいる。『レビオル』に来てから二人の時間は少なかったし、どうせ明日からも互いに多忙で二人きりの時間はあまり取れないだろうしな。……それに、もしドロテアの手が空いても母上やディアナ、ついでにプシュにお前を取られてしまうのは目に見えてる」

少しムスッとした様子で尻尾をゆらゆらと揺らすヴィンスの態度に、ドロテアは素早く目を瞬かせた。

「も、もしかして、構ってほしいということですか……!?」

そうとしか考えられなかったドロテアは驚きのあまり、つい口に出してしまった。

しかし、ハッとした時にはもう遅い。

ドロテアの発言に、ヴィンスは片側の口角を上げた。

「そうだ。ドロテアがいきいきと働いている姿も、交友関係を広げたり、家族と親しくしてくれていたりすることは大変喜ばしいことだが……それと同じくらい、俺の傍にいて、俺だけを見ていれば良いのにと思っている」

「……っ」

ヴィンスはドロテアの腰を抱いている手を解いて、彼女の顔にかかる髪の毛をそっと耳にかけた。

その時、一瞬だけ自身の耳に触れたヴィンスの冷たい手。

ドロテアがピクリと体を弾ませると、ヴィンスは楽しげに目を細めた。

「だから、もっと俺に構え、ドロテア。……俺が嫉妬深いのは、お前も知っているだろう？」

こんなに甘美な命令をドロテアは他に知らない。

（でも、ヴィンス様は一つ勘違いしているわ）

ドロテアは、そっとヴィンスの頬に手を添わせた。

「お疲れのヴィンス様に早く休んでいただきたかっただけで、私だって本当は……ヴィンス様ともっと一緒に過ごしたかったんです」

本音を吐露したドロテアは、ヴィンスにそっと口付けた。

初めて自分からするキスは下手くそで、鼻がちょこんと当たってしまった。けれど、唇を離してヴィンスを見ると、彼は嬉しそうにくしゃりと微笑んでいて――。

「ははっ、お前はほんとに、変なところで思い切りが良いな。次はどうしたい？　耳を触るか？　それとも尻尾か？」

ドロテアからキスをされたことが相当嬉しかったのか、弾んだ声でヴィンスは提案してくる。

しかし、ドロテアは熱っぽい眼差しで彼を見つめたまま、「いえ」と答えた。

「……もっとキスしたいです。……ヴィンス様が、足りません」

「……っ」

思いもしなかったドロテアの望みに、ヴィンスは息を呑む。そして、二人の視線が絡み合った。

「今の言葉、後悔するなよ――」

その言葉を最後に、二人は息つく間もなく口付けを交わした。

それは、プシュが「キュウッ！」と大きな寝言を発するまで続いたという。


毒の正体が発覚してから、今回の事態が落ち着くまでには五日ほどかかった。

現時点で、追加で毒症状が現れた者はいない。

定期的に体調不良者がいないかの確認はしなくてはならないものの、多くの者が通常通りの生活に戻っていた。

ヴィンスやデズモンド自らが住民たちに事の顛末を説明した際には、住民たちのほとんどに怒りはなかった。

結果的に命を奪われた者がいなかったこと、早急で誠実な対応だったこと、獣人たちの多くが穏やかで争いごとを好まない性格であること。

何より、ヴィンスやデズモンドがこれまで身を粉にして国のために働いていたことを彼らが知っているからなのだろう。

『アスナータ』が獣人たちを嫌っていた理由を聞いた『レビオル』の住民たちの反応は様々だ。

この解決には時間がかかるだろうが、デズモンドやアガーシャが責任を持って住民たちと対話を続けると約束してくれた。

諸々の補償についても、デズモンドたちが主に担ってくれるようだ。

数日前まで毒に蝕まれていたアガーシャはというと、既に全快した。むしろ、数日間しっかり睡眠を取れたことで、今までよりも肌艶が良いらしい。

デズモンドの仕事の補佐をしながら、屋敷全体のことを仕切るアガーシャの手腕はさすがの一言だった。

ドロテアは手が空き次第、彼女の近くで勉強させてもらったものだ。ディアナも同様で、ここ数日は三人（＋一匹）で過ごすことが多かった。

仕事の休憩中、三人で恋愛話に花を咲かせた時のことは良い思い出だ。特に、ラビンがディアナに告白した時の話を聞くのはとても楽しかった。

（色々あったけれど、ヴィンス様とご両親の蟠りは解けたし、私もご両親と仲良くなれたし、クヌキの木の毒の被害は落ち着き、『アスナータ』との誤解は解けた。これからも注視しなければいけないことや対応は残っているけれど、ひとまずは良かったわ……）

そして、『レビオル』に滞在して約一週間。

ついに帰城する日がやってきたのだけれど、一つ問題があった。

「プシュくん、行きましょう？　ね？」

夕方に屋敷を発つことになっているため、その前に怪我が完治したプシュを森に帰さなければと思い、ドロテアはヴィンスに馬を手配してもらっていた。

そして、プシュを連れてヴィンスと正面玄関から外に出たのだけれど……。

「キュウ！　キュウゥゥゥ!!」

「お、落ち着いてプシュくん！」

今まで聞いたことがないような焦り声を上げたプシュは、ドロテアの肩から急いで玄関の扉をカリカリと引っ掻いた。まるで、早く扉を開けろ！　と言っているみたいだ。

「プシュくん、ちゃんと森まで送り届けるから大丈夫よ……？　森には家族や仲間だっているでしょう？」

てこでも動かないとばかりに玄関から離れないプシュにドロテアはしゃがみこんで説得を試みるが、効果はない。

ドロテアが言っていることがイマイチ分からないのか、それとも……。

「もしかしたら、こいつは森に帰っても一人ぼっちなのかもしれないな」

「ヴィンス様……」

馬を近くに繋いだヴィンスは、こちらに歩きながらそう話す。

それは、あり得ないことではなかった。野生動物が子育てを放棄することも珍しいことではなく、プシュは群れで生活する動物でもないからだ。

　プシュを森に帰してあげることがこの子にとって幸せなことだと考えていたが、一概にそうとは言えないのかもしれない。

「あの、ヴィンス様……。プシュくんの今後について一つご相談があるのですが……」

　ドロテアは、自身の隣にしゃがみこんだヴィンスの顔をじっと見つめる。

「プシュくんを王城に連れ帰ってはいけませんか……？」

　窺うような眼差しで見つめられたヴィンスは、ハァ……と溜め息を漏らした。

「プシュは『レビオル』のような寒い環境でなくては生きられないのではないのか」

「い、いえ！　年中酷暑でなければ問題ありません！　食事に関しても、この土地以外のもので十分に賄《まかな》えます！　もちろん基本的には私が世話をしますし、この子の食事やその他にかかる費用などは全て私が負担いたします！　ヴィンス様にも、王城で働く方にも迷惑はおかけしませんから……！」

　ドロテアが自分のために必死に懇願しているとプシュは分かったのか、扉に爪を立てるのをやめて、ヴィンスの前にちょこんと座る。

　そして、プシュはこてんと首を傾《かし》げ、うるうるとした目でヴィンスをじーっと見つめた。

「キュ、キュ、キュウ……」

　極めつけに、クヌキの木の蜜よりも甘い鳴き声で念を押す。

絶対に計算なのに、あのヴィンスでさえ心が揺らいでしまう可愛さがそこにはあった。

「くっ……」

ヴィンスが反応に困ったところで、最後はドロテアだ。

彼女は眉尻を下げ無意識の上目遣いを見せた。

「ヴィンス様……お願いします……！」

「……っとに、お前らなぁ……」

プシュの可愛さに心が揺れたのはもちろん、ドロテアにこんなに可愛く、更に必死に頼まれたら、ヴィンスの答えなんて一つだった。

「……分かった。許可する」

「本当ですか!?」

「キュウ!?」

「ああ。このまま無理矢理森に帰したところで、こいつは匂いでドロテアを追ってくるのは目に見えてる。その道中に動物に襲われたら寝覚めが悪いからな」

それに、プシュは希少な動物だ。保護をするのも王の務めだと、ヴィンスは自分に言い聞かせた。

「やったねプシュくんっ！　ヴィンス様、ありがとうございます……！」

「キュウ……！」

よほど嬉しいのか、プシュはドロテアの手のひらに乗ると、体を擦り合わせてくる。

（すりすりすり、もふもふもふ！　幸せっ！）

さり気なく手のひらにキスをしてくるプシュの可愛さにドロテアが悶絶していると、ヴィンスが頬を引くつかせた。

「おいプシュ、一緒に帰ることは許可するが、自重しろ。ドロテアは俺のだ」

「キュッ、キュウ～」

ちっせぇ男だな～と言わんばかりの小馬鹿にした顔を向けてきたプシュの態度に、ヴィンスは額に青筋を浮かべたのだった。

その後、ドロテアたちが帰り支度の確認をするために屋敷内に戻ると、ディアナがパタパタとこちらに走ってきたところだった。

「あっ、お兄様にお義姉様！　それにプシュくんも！　夕方までもう少し時間がありますから、せっかくなので最後に少し雪遊びでもしませんか？」

「え？」

第五十話 ✦ 幸せの雪だるま

ドロテアはヴィンスとプシュ、ディアナとラビンに、アガーシャとデズモンド、そしてハリウェルにナッツやルナなどの面々と、屋敷の中庭にいた。

中庭には一面、昨夜降った真っ白でふかふかの雪が積もっている。

今日の青空から覗く太陽の光のせいか、表面は少しキラキラとしていてとても美しい。

いつもは朝一番に使用人たちが積もった雪を中庭の端にまとめるのだが、昨日の夜にディアナが雪はそのままにするよう伝えておいたようだ。

『レビオル』で皆で過ごす最終日に、思い出を作りたかったらしい。

ここ数日屋敷は慌ただしく、観光や娯楽はおろか皆で集まって食事をとることもできなかったため、ディアナの提案を断る者は一人もいなかった。

そして、現在に至る。

「ふふっ、ラビン、そーれっ！」

ディアナが投げた柔らかな雪玉が顔面に当たったラビンは、地面にガクリと崩れ落ちた。

「姫様ありがとうございます……！　姫様が人生で初めて作った雪玉を感じられて、私は本当に幸せです！」

「もう！　ラビンったら！」

恋人になったからか、前とは違って好きという思いを弾けさせるラビンに、ディアナは幸せそうに笑っている。

（良かったですね。ディアナ様……！）

そんな二人の様子に、ドロテアもつい頬が綻ぶ。

ヴィンスはラビンの発言に「あれが将来義弟になると思うとゾッとするな……」と言いつつも、その表情は柔らかかった。

「貴方、ここはもう少し厚みを作りましょう」

「ああ」

ディアナたちの傍でかまくらを作っているのは、アガーシャとデズモンドだ。

二人は仕事さながらの真剣な表情で雪に触れているが、時折手が触れ合い頬を染めている。

（可愛すぎないかしら？）

その周りには、森に帰らずに済んだプシュが興奮した様子で走り回っている。その後ろには、ハリウェルとナッツとルナの姿だ。

ディアナの作った雪だるまやアガーシャたちが作るかまくらをプシュが壊さないよう、追いかけているのだろう。

「ふふ、皆楽しそうですね」

「ああ、本当だな。……で、ドロテアは何を作ってるんだ？」

「私は……」

ドロテアは尻を地面に着けないようしゃがみこんだまま、大きさの違う雪の塊を二つ作る。

大きい雪の塊の上に小さい雪の塊を載せてから、積もった雪を三角の形に整えていく。

「上手いな。雪だるまか？」

隣にしゃがみこみ問いかけてくるヴィンスに、ドロテアはふふっと笑った。

「雪だるまですが、ただの雪だるまではないのです！　これを見てください」

三角形に整えた雪を二つ作り終えたドロテアは、それを雪だるまの頭にちょこんとつける。

そして、先に集めておいた木の枝を胴体につけて手を作り、背後にも一本枝をつければ——。

「できましたわ！　ヴィンス様をモチーフにした雪だるまです！」

雪で耳を、木の枝で尻尾を表したドロテアの力作である。

「ほう。……なかなか上手いな。それに可愛らしい」

「本当ですか⁉　嬉しいです！　……けれど、やはり木の枝ではヴィンス様のもふもふの尻尾を表現できていませんね……。どうにか別の方法はないものか、もう少し考えてみます」

「ははっ、お前は遊ぶことにも一生懸命なんだな」

それからヴィンスは「俺も作ってみよう」と言って、雪だるまの制作を始める。

どちらが上手に尻尾を表現できるか競っていると、ヴィンスは一瞬ディアナやデズモンドたちに視線を移して感慨深そうに囁いた。

「――楽しいな、ドロテア」

ドロテアも視線を上げ、楽しげに笑う皆の姿を視界に捉える。

「ええ……。とっても」

「ドロテアがいなければ、こんなふうに皆で遊ぶなんてできなかっただろう」

「それは言い過ぎでは……？」

「足りないくらいだ。……お前のおかげだ。ありがとう、ドロテア」

ヴィンスはドロテアを見つめながら、そっと彼女の手を包み込む。

その瞳から、繋がれた手から、感謝の気持ちも、愛おしいという思いも、溢れんばかりに伝わってきて――。

「だ、だって私は、ヴィンス様の婚約者ですもの……！」

照れながら言い切ったドロテアに、ヴィンスは幸せそうにくしゃりと笑ってみせた。

番外編 ✦ 夜のお茶会……否、女子会!

アガーシャの体調が全快したその日。

夜の十時頃、ドロテアの自室を控えめにノックしたのは、アガーシャの侍女のサリーだった。

アガーシャが呼んでいるため彼女の部屋まで足を運んでほしいという連絡であり、ドロテアは了承した。

(こんな時間に、何の御用かしら?)

湯浴みを済ませていたドロテアは、着替えをするために部屋に赴くのが少し遅くなる旨をアガーシャに伝えてほしいとサリーに頼んだが、夜着のままで構わないという。

アガーシャの意図が読めないが、理由もなく待たせるわけにはいかない。

ドロテアはラベンダー色の夜着の上に亜麻色の羽織りを纏うと、ナッツやルナには休むよう指示し、寝ているプシュにおやすみなさいと告げてから、サリーのあとをついて行ったのだった。

「いらっしゃい、ドロテアさん。突然悪かったわね」

入室すれば、黒いレースがふんだんにあしらわれた夜着に身を包んだアガーシャが出迎えてくれた。

大胆に開かれた胸元はなんとも色っぽく、ドロテアはつい釘付けになってしまう。湯上がりなのか、まとめた髪の毛から垂れるほんのりと湿った後れ毛からも色気が溢れていた。いや、平たく言うとアガーシャは全身がセクシーなのだ。

それなのに、ドロテアが部屋に来た瞬間に揺れた漆黒の尻尾を見た時なんて、一瞬天に召されそうになった。危ない……。

「いえ、お気になさらないでください。お招きくださりありがとうございます、陛下」

「お義姉様、こんばんは！」

そんなアガーシャの後ろからひょっこりと現れたのは、桃色の夜着を纏ったディアナだ。

両耳の下で髪の毛を結ったツインテール姿の可愛らしさと興奮気味にピクピク動く耳の破壊力に、ドロテアは堪らず口元を手で隠した。

他者に見せてはいけないくらいのにやついた顔を晒してしまうところだった。これまた危ない……。

ドロテアは自身の興奮を落ち着かせてから、ディアナにニコリと微笑んだ。

「こんばんは。ディアナ様もいらっしゃったのですね」

「はいっ！　お義姉様がいらしてくれて、とっても嬉しいですわ！」

ぶんぶんぶん！　ディアナの尻尾に続くように、アガーシャの尻尾も激しく揺れる。

（か、可愛い……！）

歓迎してくれているのがひしひしと伝わってきたドロテアは、緩んだ頬のまま問いかけた。

「……えっと、ひとまずこちらに呼ばれた理由をお伺いしてもよろしいですか？」

「そ、それは……」

アガーシャが恥ずかしそうにそっと目を逸らす。

どうしたのだろうとドロテアが小首を傾げると、ディアナがすかさず答えてくれた。

「せっかく同じ屋敷にいるのに、日中はお仕事が立て込んでいて、あまり三人でゆっくりとお話ができないではないですか。でも私もお母様も、お義姉様ともっともっとお話ししたくて……！　ですから、こんな時間にお呼び立てすることになってしまったわけですの」

「……！」

キラキラとした目で話してくれるディアナにはもちろん、「そ、そういうことよ」と顔を赤らめるアガーシャにも、ドロテアの心臓はぐっと掴まれてしまった。

「嬉しいですわ……！　お誘いありがとうございます！　私も沢山お話ししたいです……！」

「お義姉様ならそう仰ってくださると思いましたわ！　お母様、早くお席に座っていただきましょう？」

「ええ。ドロテアさん、こっちよ」

アガーシャに案内されたのは、彼女の部屋の真ん中辺りにある焦げ茶色の円形テーブルだ。

年代としてはかなり古いものだが、よく手入れされているのが見て取れる。

その上に置かれたケーキスタンドをまじまじと見つめたドロテアは、感嘆の声を上げた。

「わぁ……！　これは……！」

ケーキスタンドには、他国でしか採れないフルーツをふんだんに使ったケーキに、『レビオル』でもかなり希少な赤色のナッツを使ったクッキー、西方の一流職人が手掛けた陶器製のココットに入ったプディングなどが載せられている。

珍しい品々に目をキラキラと輝かせているドロテアに、アガーシャはふふっと微笑んだ。

「侍女たちに指示して、特別に準備させたわ。……たまには、こんな時間に甘いものをいただくのも良いでしょう？」

「ありがとうございます……！　夜のお茶会、わくわくいたします」

ドロテアが満面の笑みを浮かべていると、ディアナが「ふっふっふっ」と意味ありげに笑い始めた。

「違いますわ、お義姉様！　こんな夜の時間帯に、夜着を身に着けた女性だけが集まってお茶をするなんて、まさに非日常！　こういうことを、巷《ちまた》の一部では『女子会』というらしいのです！　つまり今日は『女子会』なのですわ！」

「申し訳ありません、ディアナ様、勉強不足でした……！　『女子会』、とっても楽しみです！」

それからドロテアが手早くお茶を淹れ、三人は席についた。

皆がまずはお茶を一口。香り高くスッキリとした味わいの紅茶に頬を緩ませた一同は、次にお菓子に手を伸ばした。

「ん～～！　このクッキー、とっても美味しいです～～！」

「本当に美味しいですね、ディアナ様！　甘い生地の中に入った、ほんのりとしょっぱいナッツが堪りません！」

「貴女たち、こっちのケーキもなかなかよ。食べてみなさい」

アガーシャに勧められたフルーツケーキも、甘味と酸味がちょうどよく、頬が落ちてしまいそうだ。

（本当に美味しいわ……！　最近あまりの忙しさに食事も手早く済むものばかりにしてもらっていたから、こんなふうに味わったのは久しぶり……！）

しかも、目の前には艶《あで》やかなアガーシャと可憐なディアナがいる。

彼女たちがスイーツを食べるたびに嬉しそうに揺れる尻尾を見られるこの瞬間に、ドロテアは心から感謝した。

「そういえばお義姉様、この屋敷に来てからずっと伝えたいことがありましたの！」

「何でしょう？」

ケーキをゴクンと飲み込んだディアナの表情は、先程までの柔和なものから真剣なものへと変わっていた。

「お兄様お母様たちの蟠りを解いてくださって、ありがとうございます。あんなに自然に、どこか楽しそうに両親と話しているお兄様を初めて見ました」

「ディアナ様……」

ふわりと笑ったディアナだったが、金色の瞳に少しばかりの影が落ちた。

「幼い頃から、なんとなくお兄様たちの間に何かあるのだとは思っていましたけれど、私ではあまり力になれなくて……」

「そんなことはないわ、ディアナ。何度貴女に助けられたことか……!」

アガーシャはディアナの手をそっと握り締める。

ディアナはそんなアガーシャに対して、心配しないでというように穏やかに笑ってみせた。

「大丈夫ですわ、お母様。私は自分が無力だと卑下する気持ちよりも、お兄様とお母様たちが仲良くなってくれて嬉しいという思いと、仲を取り持ってくださったお義姉様への感謝の気持ちのほうがとってもとっても、大きいのです！」

「ディアナ……！」

「ディアナ様……！」

——なんて心が清らかなのだろう。

ディアナの気持ちがひしひしと伝わってきて、そして彼女の花が咲いたような笑顔につられて、ドロテアもアガーシャも頬を綻ばせた。

それからしばらくはなんてことのない雑談が続いた。

しかし、ドロテアがクッキーに手を伸ばした時、アガーシャが突然神妙な面持ちで話を切り出したのだった。

「ねぇ、ドロテアさん。陛下というのはやめて、私のことはお義母《かあ》さんと呼ぶのはどうかしら？」

「は、はい!?」

突然の提案……にしては若干圧の強い発言に、ドロテアは目を見張った。

「それは良いですわ～！　もう少しで私たちは本当の家族になるんですもの！」

「やっぱりディアナもそう思うわよね？」

「はい！　あっ、私もそろそろディアナと呼び捨てで呼んでほしいですわ！　お義姉様！」

「お二人ともお待ちください……！　さすがにそれは……」

あまりにハードルが高い要求に、ドロテアはどう断るべきかと頭を働かせる。

しかし、アガーシャもディアナも期待に胸を膨らませていて……。

（お断りしたら、お二人が悲しまれるのは確実……！　けれど、いくらなんでもお二人をそのように呼ぶことはできないわ……！）

何か名案はないだろうかとドロテアが考えていると、ヴィンスさながらにニヤリと口角を上げたアガーシャがとある提案を行った。

「ドロテアさん、貴女、私たち獣人の尻尾や耳が大好きなのよね？　私のことをお義母さんって呼んだら、好きなだけ触らせてあげても良いのだけれど」

「えっ」

「まあっ！　お義姉様ったら、そうなら仰ってくれたら良いのに！　私のこともディアナと呼んでくださるなら、お好きなだけ触ってくださいまし！」

「えっ」

珍しくディアナもニヤリと口角を上げ、二人してドロテアをニンマリとした表情で見つめる。

黒豹と黒狼の誘惑に、ドロテアはゴクリと生唾を呑んだ。

（な、な、なんて夢のような交換条件……！　お二人のことをご指示通りに呼んだら、もふもふし放題!?　え!?　これは現実……!?）

この場でアガーシャをお義母様、ディアナを呼び捨てにするだけならば、誰にも咎められることはない。

それに、アガーシャとディアナには、今日のことを必ず秘密にするようお願いすれば……。

（ヴィンス様との約束を破ってしまうことには罪悪感を覚えるけれど……）

目の前にほらほら～と言わんばかりに尻尾を揺らす美しい二人の女性。ああ、手が勝手に……。

「あ、あの、私――」

答えが出たドロテアが口を開いたその時、ディアナがそれをかき消した。

「……あっ、待ってください！　お兄様のことだから、『俺以外の耳や尻尾は触らないで』とお義姉様にお願いしている可能性がありませんか？　もし私たちのせいでお義姉様がその約束を破ってしまったら……」

（ディアナ様、惜しい……！　厳密には触るなと命じられていて……ってそうではなくて！）

兄であるヴィンスのことがよく分かっているディアナに驚きつつ、ドロテアは再び耳を傾ける。

「お兄様が怒って、私たちをお義姉様に会わせないようにするかもしれませんわ……！」

「……確かにあり得るわね。あの子はドロテアさんのことを溺愛していると同時に、ドロテアさんのこととなるとかなり心が狭くなるから」

（陛下、言い方……！）

いや、確かにヴィンスはかなり嫉妬深いけれども。

そろそろ他の獣人の皆へのもふもふは解禁してほしいけれども。

なんなら、もふもふの誘惑につられて二人の交換条件を呑むつもりだったのだけれども。

「そうなのですわ、お母様！　お兄様はそれはもうお義姉様のことを深く愛していらっしゃって、ラブラブなのです！　あ、そういえばお義姉様、最近お兄様とはどうですの!?　もうキスは済みましたか!?」

「ひぇ……!?」

これはヴィンスとの約束を破ろうとした自身への罰だろうか。

突然話が逸れたと思ったら、まさかのヴィンスとのこんな話題になるなんて思わなかった。

(確かにディアナ様は恋愛の話が大好きで、前々から私とヴィンス様のことを気にしていらしたけれど……!)

ディアナに話すのでさえ恥ずかしくて堪らないのに、彼の母であるアガーシャの前でもある。

(は、話せるわけがないわ……!)

アガーシャだって、息子とその婚約者の恋愛の話なんてそう聞きたくないだろう。

ドロテアは助け舟を出してほしいという思いから、アガーシャに視線を向けたというのに。

「ドロテアさん、どうぞ私のことはお気になさらず話してちょうだい」

「え」

「ほ、ほら。私が聞いていて話しづらいのならば、こうしているから」

アガーシャはそう言って、自身の両耳を手で覆い隠す。

だが、獣人の耳はその程度のことで音を遮断できるようなものではないのだ。

現にアガーシャは聞き耳を立てるかのように、漆黒の耳をピクピクさせている。

(い、いやいや、無理です……!)

適当に流しても、詮索されるのは目に見えている。

これ以上の話題を出さなければと考えたドロテアはハッと思い付いた。

「ディアナ様、そういえばラビン様にはどのように告白されたのですか!? 私、ずっと気になっておりまして……!」

――秘技、話のすり替え。

恋愛話が大好きなアガーシャとディアナには、自分たち以外の恋愛の話題を出せば良いのである。

もちろん、ディアナがどのような告白をされたのか気になっていたのも本当だけれど。

「ふふ、お義姉様には沢山相談に乗っていただきましたから、お話ししないといけませんわね！」

「ディアナ、私も聞きたいわ」

「もちろんですわお母様！」

どうやらディアナはアガーシャに話を聞かれても平気らしい。恐ろしいほどのメンタルの強さである。

やはり、生まれた時から王族として育ってきた彼女は、肝の座り方が違うようだ。

「あれは、この前行われたお兄様とお義姉様の婚約パーティーの後のことです。私とラビンとが帰りの馬車の中で二人きりになった時、いつにもまして緊張した面持ちのラビンが小さなお花のブーケを私に差し出しながらこう言ったんですの」

――『ひ、ひ、ひ、姫様！　私は一介の文官ですが、姫様への気持ちだけは誰にも負けません！　姫様がお生まれになって三年七ヶ月と十二日目、初めて作った花冠を、この世のものとは思えないほどの可憐な笑顔で「どーじょ！」と私にくださった時から、ずっと……ずっと……お慕いしております……!!　姫様のことが、大好きなんです!!』

「あの言葉を聞いた時、涙が出るほどに嬉しかったですわ……！」

幸せそうに語るディアナの言葉に、アガーシャとドロテアはつい涙腺が緩んだ。

「ディアナ、良かったわね……！」

「それは本当に嬉しゅうございますね……っ」

「はい！　私、ラビンと思いが通じて本当に幸せなんですの」

そう語ったディアナは、体をモジモジさせながら再び口を開いた。

「……実は、お付き合いしてからのことや、馴《な》れ初《そ》めなどの話もあるのですけれど、聞いていただけますか……？」

「「もちろん（ですわ）！」」

「本当ですか!?　それじゃあまずは――」

それからディアナのラビンとの恋の話は、朝方まで続いた。

ドロテアとアガーシャは何度も眠気で意識を失いそうになりつつも、朝日よりも眩《まぶ》しい笑顔を見せるディアナの話に最後まで相槌《あいづち》を打った。

次の日、目の下に隈《くま》があることをヴィンスに指摘されたドロテアは、『女子会』があったことを話した。

詳しいことは言っていないのに『母上とディアナの耳や尻尾は触っていないだろうな？』と問い詰めてくるヴィンスの鋭さは一体何なのだろう。

結局二人をもふもふすることは叶わなかったというのに、ドロテアはやけに冷や汗をかいたのだった。

番外編 ルナ、同担大歓迎!

『レビオル』から王都に戻る日の朝。

ドロテアの朝食をテーブルに並べているルナには、一つ解《げ》せないことがあった。

「ド、ドロテア様〜！　申し訳ありません……！」

そう謝るのは、ルナの同僚であるナッツだ。

彼女はドロテアが起床後、顔を洗うための湯を張った桶を用意していた。

それをドロテアに手渡した後、今度は空腹で「キュウキュウ」と鳴くプシュのために、急いで薄めたクヌキの蜜を用意したのだが、そこで事件が起こったのだ。

『うきゃっ!!』

ナッツは絨毯《じゅうたん》に足を引っ掛け、持っていたクヌキの蜜が入った皿を手から離してしまったのである。

それが床に落ちるだけならまだ良かったのだが、なんとベッドに腰掛けるドロテアの腹部あたりに盛大にかかってしまったのだ。

端的に言うと、大失態である。

「ナッツ、良いのよ。頭を上げて？　夜着やシーツが染みにならないよう、洗濯だけ丁寧に行ってくれたら構わないから。それと、プシュくんのご飯だけ、急いで持ってきてあげてくれる？」

だというのに、ドロテアはナッツに対して優しく声を掛けている。そこには一切の怒りも感じられない。フローレンスとはえらい違いだ。

（さすがドロテア様。……なんて慈悲深い）

また、ナッツの失態に驚いている様子もなかったことから、ある程度慣れているのだろう。

確かに、ルナが『レビオル』に到着してからというもの、ナッツが何度かミスをしているのを見かけた。

今回ほど目に余るものではなかったけれど、ナッツがおっちょこちょいな性格であることは十分に理解できた。

「ううっ、ドロテア様ぁ……！　本当に申し訳ありません！　なんてお優しいんでしょう……！　とりあえず夜着とシーツはお湯につけて、それからすぐにプシュくんのご飯を持ってまいりますっ！」

「ええ、お願いね」

その後、ドロテアがドレスに着替えると、ナッツは夜着とシーツを抱えて部屋を飛び出した。

「ルナ、ドロテア様のことをお願いしますねっ！」という言葉を残して。

「ルナ、準備ありがとう。早速いただくわね」

「あっ、はい」

ドロテアが食事を始めたので、いつでも食事や紅茶を追加できるよう、ルナは準備を始める。

その際、ルナはやはり解せないと思わずにはいられなかった。

(何故ナッツが、ドロテア様の専属メイドになれたのでしょう……)

自身よりも専属メイド歴が長いナッツにこんなことを思うのは失礼であることは自覚している。

しかし、今まで何人かのメイドを見てきたルナとしては、どうしてもナッツがそれほど優秀だとは思えなかったのだ。

(紅茶の淹れ方、配膳、立ち振る舞い、湯浴みの補助……。どれをとっても普通……)

強いてナッツの優れたところをあげるならば、彼女のセンスだろうか。

ドロテアを美しく着飾らせることに関しては、その能力を認めざるを得ない。

(ということは、ドロテア様はその能力を買ってナッツを未だ専属メイドとしてお傍に置いているのかしら？　いやでも、フローレンス様ならばまだしも、ドロテア様がそのような考え方の持ち主だとは到底思えない……。とすると、ナッツには、まだ私が知らないような優れたところがあるということ、よね？)

ルナは「うーん！　美味しいわ～」と頬を緩ませているドロテアをちらりと見る。

主人は今日も美しく、可愛らしい。更に聡明で、優しく、凛とした力強さも持ち合わせており、人生で初めて心から仕えたいと思った方……。

「そんなドロテア様が、何故ナッツを専属メイドに……」

「え？　ナッツ？」

「……！　あっ、い、今のは……っ、その」

つい口に出てしまっていたらしい。ルナの顔は、深海のようにサァッと青ざめた。

さっきの発言は、ナッツへの侮辱――つまり、そのナッツを専属メイドとして傍に置いているドロテアへの冒瀆に当たるからだ。

「申し訳ありません、ドロテア様……！」

ルナは後悔を胸に、深く頭を下げた。

ドロテアからの叱責を覚悟していると、何故か彼女は「ふふっ」と笑い始めたのだった。

「ナッツは少しおっちょこちょいだものね。ルナが不思議に思うのも、分からなくもないわ」

「ドロテア様……」

「でもね、ナッツは――」

ドロテアが言いかけた時、扉がバタンと開いた。

入室してきたのは、息を切らしたナッツだ。片手にはプシュの食事であるクヌキの蜜が入った皿、もう片方の手には茶色い袋を持っている。

「プシュくん、お待たせしました！　さっきは本当にごめんなさい～！」

「キュウキュウ!!」

お待ちかねだった様子のプシュのもとに皿を置いたナッツは、すぐさまルナの隣まで歩いてきた。

「ドロテア様、ただいま戻りました！　夜着とシーツの方は、おそらく問題ないかと思います！」

「お疲れ様、ナッツ。ところで、その茶色い袋の中には何が入っているの？」

「あっ、これはですね……！」

ナッツが茶色い袋の中に手を入れる。

ルナも気になっていたので茶色い袋の方に視線を向ければ、ナッツが取り出したのは紅茶の茶葉が入った瓶だった。

瓶に書かれている銘柄はテアビン。

体を温める効果は優れているが、その銘柄は決して珍しくもなく、もちろん高級でもない。

貴族がそれほど好まない紅茶であった。

「ナッツ、どうしてそんなものを……」

ルナがそう問いかけると、口を開いたのはナッツではなくドロテアだった。

「まあ！　それはテアビンね！　今朝はかなり冷えるから、飲みたいと思っていたの！」

「えっ」

「うふふっ！　目覚められた時のドロテア様の手がいつもより少し冷えておりましたので、体を温める効果がとっても高いこちらを飲んでいただきたかったのですっ！　それと、前にドロテア様がテアビンと組み合わせると良いと教えてくださった粉末にしたショウガも厨房からいただいてきました！　これも加えたら体がぽっかぽかになりますねっ！」

「さすがナッツね……！　早速淹れてくれる？」

「きゅるるっ！　はい～！　お任せくださいっ！」

呆然と立ち尽くすルナの傍らで、ナッツは満面の笑みを浮かべ、鼻歌交じりに紅茶を淹れる。

ぶりんぶりんと激しく揺れる尻尾は、彼女の喜びが現れているのだろう。

ドロテアは、そんなルナをおいでと手招きすると、彼女の耳元でこう囁いた。

「ね？　ナッツは凄いでしょう？」

――さも平然とドロテアの体調の変化に気付き、要望を聞く前に察し、すぐに行動に移す。ドロテアから聞いたこと、学んだことをしっかりと吸収し、主人であるドロテアへ還元する。

（こんなことができるのは、一流のメイドだけだわ……）

ナッツの能力を疑っていた自分が恥ずかしいと、ルナは尻尾を下げた。

専属メイドとは、主人の気持ちや要望をいち早く察知し、主人がより快適に過ごせるよう尽くすのが仕事だ。

確かにナッツはおっちょこちょいで失敗をすることもあるが、それを補って余りある観察力や気遣い、行動力がある。

――そして。

（ドロテア様にお褒めいただいた時の表情や、尻尾の動きからようやく分かったわ。……ナッツは……いえ、ナッツもドロテア様のことが好きで堪らないのね！　そうよね！　好きな人に褒められると嬉しいわよね……！）

ルナはフローレンスやセグレイ侯爵の一件からドロテアに恩義を感じ、そして彼女に心酔している。それこそ、神のような存在だと思っている。

だからこそ、ドロテアの傍にいられる専属メイドは優秀であることはもちろん、彼女を愛してやまない者であってほしいとルナは強く思っており――。

「ナッツ！　いえ、ナッツ先輩!!」

「ふぁ、ふぁい!?」

「ル、ルナどうしたの!?」

そのどちらも満たすナッツのことを、ルナを同志と認めた。

……いや、能力も高くドロテアからの多大なる信頼を得ているナッツのことを、同じ専属メイドとしてルナは尊敬したのだ。

「ナッツ先輩にこれから色々教えていただきたいです！　ご指導ご鞭撻《べんたつ》のほど、よろしくお願いいたします！」

突然人が変わったように深く頭を下げたルナの態度に、ナッツは慌てふためいた。

「え!?　え!?　ルナどうしちゃったの……!?　ド、ドロテア様～！　お助けください……！」

「ナッツ落ち着いて!!　ルナ、一体貴女の中で何があったか説明して――!?」

それから少しして、ルナは落ち着きを取り戻し、ナッツを先輩と呼ぶに至った経緯を話し始めた。

ナッツは一切怒ることなく、「ドロテア様のことが大好きなルナのことも大好きですっ！」とルナを抱き締めた。

「ではルナ！　先輩として、これからドロテア様を喜ばせる秘技を教えますねっ！」

「秘技ですか!?　是非教えてくださいナッツ先輩……！」

「ドロテア様は何においてももふもふが大好きなのです！　ですから――」

その秘技というのは、振り返りざまにドロテアの顔に自身の尻尾をふわりと当てること。

どれだけ上手く偶然を装えるか、二人はふりふりとお尻を振りながら尻尾の動きを確認していて――。

「ここは天国かしら？」

可愛すぎる二人の様子に、ドロテアはそうポツリと呟いた。

あとがき

皆さんこんにちは。作者であり、二児の母、もふもふが大好きな櫻田りんです。

この度は、数ある本の中から拙著「聖女の妹の尻拭いを仰せつかった、ただの侍女でございます～謝罪先の獣人国で何故か冷酷黒狼陛下に見初められました!?～③」をお手に取ってくださり、ありがとうございます。

謎解きあり、もふもふあり、家族愛ありの第三巻、楽しんでいただけましたでしょうか？

ヴィンスの両親に、プシュが初登場の今巻は、このお話を考え始めた頃から書きたいと思っていました。やっぱり、過去に何かしらの闇を抱えるヒーローってたまらないじゃないですか……。

因みに、プシュはとある番組にオコジョが出ているのを見て、興味を持ちました。詳しく調べると白いオコジョ（まさに天使）がいるのを知り、これは書かねば！　と思い、今に至ります。

そして氷堂先生に作画していただいたプシュ……！　萌が止まりませんでした。可愛すぎませんか？　ドロテアが夢中になるのも当然ですね。

そして今回も一つお願いです！　ドロテアとヴィンスのイチャイチャはもちろん（結婚式も）、プシュやルナ、ディアナにナッツ、ハリウェル（そして更なる個性的な新キャラ）などもっと書きたいので、続刊できるように、レビューなどで応援していただけると嬉しいです。現時点で続刊は決まっていませんが、皆様の応援で続きを書かせてください……！（それと……ファンレターもいただけたら泣いて喜びます！）

というわけで、色々語ってしまったわけですが、ここからは謝辞になります。

本作を拾い上げていただいた『アース・スタールナ編集部』のご担当者様及び関係者の皆様、美しいイラストを描いてくださった氷堂れん先生、本作が書店に置かれるまで尽力してくださった皆様、そしてウェブで沢山の応援をくださった読者の皆様、本当にありがとうございました。

家事育児を共に励んでくれた旦那様、いつも可愛くて尊い子どもちゃんたち、本当にありがとう。

最後に、本作が皆様の心に少しでも胸キュンと癒やし、そして狼ともふもふの良さを届けられますように。皆様がほんの少しでも、楽しい気持ちになれますように。推しのもふもふが見つかりますように。

そして、この本をお手に取ってくださいましたあなた様。改めまして、ありがとうございました。

ありがとうございました!!

転生しました、サラナ・キンジェです。ごきげんよう。
～婚約破棄されたので田舎で気ままに暮らしたいと思います～
辺境の貧乏伯爵に嫁ぐことになったので領地改革に励みます
～ドラゴンと公爵令嬢～
ライブラリアン
本が読めるだけのスキルは無能ですか!?
婚約者様には運命のヒロインが現れますが、暫定婚約ライフを満喫します!
～あなたの呪い、嫌われ悪女の私が解いちゃダメですか?～
「聖女様のオマケ」と呼ばれたけど、わたしはオマケではないようです。

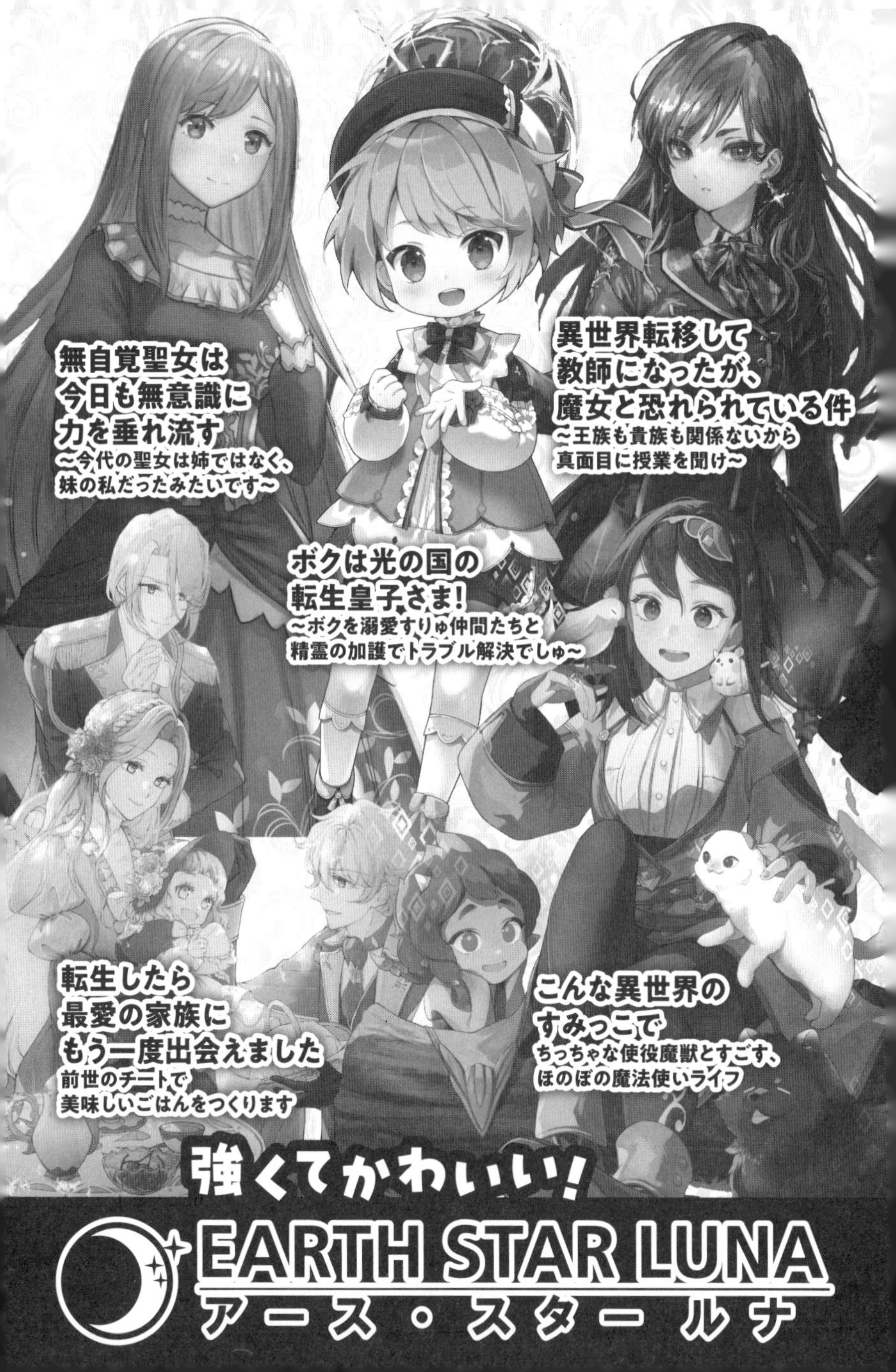
無自覚聖女は
今日も無意識に
力を垂れ流す
～今代の聖女は姉ではなく、
妹の私だったみたいです～
異世界転移して
教師になったが、
魔女と恐れられている件
～王族も貴族も関係ないから
真面目に授業を聞け～
ボクは光の国の
転生皇子さま！
～ボクを溺愛すりゅ仲間たちと
精霊の加護でトラブル解決でしゅ～
転生したら
最愛の家族に
もう一度出会えました
前世のチートで
美味しいごはんをつくります
こんな異世界の
すみっこで
ちっちゃな使役魔獣とすごす、
ほのぼの魔法使いライフ
強くてかわいい！
EARTH STAR LUNA
アース・スタールナ

転生したら最愛の家族にもう一度出会えました
前世のチートで
美味しいごはんをつくります
I make delicious meal for my beloved family
あやさくら
Illustration CONACO
EARTH STAR LUNA

聖女の妹の尻拭いを仰せつかった、ただの侍女でございます
～謝罪先の獣人国で何故か冷酷黒狼陛下に見初められました!?～ ③

発行 ―――― 2024年7月1日　初版第1刷発行

著者 ―――― 櫻田りん

イラストレーター ―――― 氷堂れん

装丁デザイン ―――― AFTERGLOW

発行者 ―――― 幕内和博

編集 ―――― 児玉みなみ

発行所 ―――― 株式会社アース・スター エンターテイメント
〒141-0021　東京都品川区上大崎3-1-1
目黒セントラルスクエア　7F
TEL：03-5561-7630
FAX：03-5561-7632

印刷・製本 ―――― TOPPANクロレ株式会社

ISBN 978-4-8030-1967-4